張 小 嫻

AMY CHEUNG

愛情王國

愛一個像男人的男人

Love a real man

張小嫻

Selected Prose of Amy Cheung

序言——有你相伴才是餘生

二十歲的時候，餘生對我來說還有很長的日子，長得幾乎看不見盡頭，三十歲的時候，餘生還是很長，四十歲了，餘生依然不短。而今，我漸漸明白，餘生也許不長了。

找一個人共度餘生，到底有多難？

二十歲的時候相愛，或者是青梅竹馬的兩個人，又是否可以一起走完餘生漫長的路？

我認識的兩個人，他們是青梅竹馬，長大後成為戀人，本來是可以一直走下去的，但他是極其聰穎的人，想要的不是男女之情，而是智慧。他很年輕就選擇出家，獨自走上一條不一樣的路。

多年以後，我問他，是不是放下她了？

我以為出家人的答案是放下了，當然是要放下的。

他微笑說：「哪兒會放下呢？為什麼要放下？無所謂放下，也不需要放下，讓它放在那兒就好。」

放在那兒，再也不會提起來，但他對她的這份感情，是跟他對別人和對眾生不一樣的，是親厚些的，卻也回不去了。

我終究是個凡俗之人，聽著聽著，心裡竟然覺著有點兒難過。他餘生還是會有她，她在他心裡終究是有一席之地，她的餘生也有他，他永遠在她心裡，沒有人可以代替，只是，這兩個人不會一起度餘生了。

每一次受傷，每一次對愛情失望，我們總想著放棄算了，從今以後再也不要這麼愛一個人了，有什麼意思呢？我們所愛的，我們所執著的，我們曾以為無論如何也放不下的那份感情，終究會消亡。

可是，當你再一次遇到愛情，你又重新有了希望，你跟自己說，有個人陪你走人生的迢迢遠路，有個人陪你吃飯，吃你吃不完的菜，有個人陪你玩，有個人陪你看花開、看雪落，有個人陪你看月圓月缺，有個人在冷颼颼的冬夜把你凍僵的手放進他褲兜裡暖著，有個人陪你滿世界跑，有個人跟你吵嘴，有個人陪你過生日，有個人偷偷吃掉你的巧克力，有個人被你欺負，有個人共度餘生，那多好啊。

長夜寂寥，如果可以，為什麼要孤單？可他必須是你愛的人。

可惜，並不是每個人都那麼幸運，一開始就遇到對的人。

分開之後，咬著牙放下，牙都碎掉了，卻還是放不下；放下明明在自己，為什麼這麼難呢？難道真的要走過萬水千山的路嗎？原來，是不需要放下的，只要放開手就好。

如果他是那個錯的人，把他有多遠就扔多遠吧，放下是那麼美麗的事，他配不起你的放下。

若曾深愛，他也曾是那個對的人，那就放開手，然後把他輕輕放在那兒吧。人生各有際遇，日復一日，星星照亮過，風也吹過，又下過一場一場大大小小的雨，你放在那裡的人，漸漸成為你回憶裡的血肉，他永遠是你的一部分，是不會真正消亡的。

以後的日子，你會愛上別人，會跟另一人度餘生。

一生不只愛一人，可是，人的一顆心太小了，長留心上的人不能太多。

愛上一個人，一開始總以為他是對的，後來才發覺錯了，與人無尤，是自己笨，弄錯了。

有時候，也許不是他不好，只是，走不下去了。

下一個對的人在哪兒？他會出現嗎？

我很想告訴你，那個對的人是一定會出現的，可事實卻不一定。那就首先讓自己成為一個對的人吧，你怎麼能夠期望一個糟糕的你會遇到一個完美的他呢？

你肯上進，就會遇到一個上進的人；你變聰明，就會遇到一個聰明的；你珍惜自己，就會遇到珍惜你的人。

一個人的時候，善待自己，學會自愛，學會自力更生，變聰明些，再聰明些，好好裝備自己，有一天，那個人會出現，到時候你也許還沒準備好，可哪兒會有人是完全準備好去迎接一段愛情和一個對的人呢？是永遠不會準備到最好的，而是遇到他之後慢慢變好。

愛一個人，就是找一個人，一起回去。他是可以一起回去的那個人。

有他的日子，才算是過日子；他在，你就不缺什麼；他很可惡，偷偷吃掉你的巧克力，可他也會陪你吃人間煙火，吃到世界盡頭。

不要只愛一個好人，不要只愛一個優秀的男人，不要只愛一個有才華的男人，不要只愛一個有趣的男人，不要只愛一個條件很好的男人，不要只愛一個肯遷就你的男人，也不要只愛一個愛你和疼你的男人，請你一定愛一個有擔當的男人。

深情不是重擔，而是擔當。

什麼都會幻滅，愛情也會有老去的一天，一個有擔當的男人才不會對你使壞，才值得你與他並肩。

愛情使人年輕，也使人年老，但我們心裡有一部分，直到永遠都是一個青澀的少年，雖然無數次失望卻也滿懷希望，等待著初見。

請你一定成為一個對的人，當你對了，那個對的人自會款款而來。

他一直都在，昨日天涯，來日咫尺。

人生是有一種遇見，微笑頷首，如夢如幻，如故如舊。明明素未謀面，卻也似曾相識，怎麼好像很久以前已經見過了呢？在剛剛好的時候，他喊你一聲，你聽見有人喊你，回過頭去，看到是他，你眼睛一彎，對他笑了：「是你呀！等你呢，請你一定陪我走到最後。」

人世茫茫，路漫漫，他就是歸途，他是歸途上陪你行走的那個人，直到人生散場。

誰又知道餘生有多長呢？但我知道，有你相伴才是餘生，否則，那只是一個人孤單漫長的路。

目錄

人為什麼會有愛情

請至少愛一個像男人的男人

討自己歡心 永遠不會太遲

你必須是 陪我一路走到底 的那個人

無所謂忘記　只是放下了

人 為什麼 會有愛情

愛　一　個　人
就是找一個人
和你一起回去

人為什麼會有愛情

有情眾生，生而為人，就是會有愛情，就是想要愛情吧？要是沒有愛情，人生是否可以瀟灑些、自由些，也快樂些？卻也未必。

佛經裡有句很美麗的話，我一直很喜歡，就是說，每個人都是乘願而來。為什麼我們會來到這個世上？為什麼要生而為人？是因為上輩子有個未了的心願，想要在這一生這一世圓願。那個心願是什麼，每個人都不一樣，可能是想要報某個人的恩，也可能是要尋找上輩子失去的一樣東西。

這一生，活到這一刻，是什麼推動著你一直往前走？當你找到你來的目的，當你漸漸看出你那個未了的心願是什麼，你也就明白人生的意義。

每個人都需要愛情，只是需要的程度不一樣。有些人可能上輩子愛得太轟烈，累了，看出愛情沒什麼好玩的，恩愛無常，終究是會變的、會消逝的，這輩子，他對愛情不那麼熱中了。

有些人可能上輩子無人問津，孤獨終老，這輩子，他再也不願意那麼寂寞了，於是一次又一次奮不顧身撲向愛情，差一點撲死了自己。

人為什麼會有愛情？因為有了才感覺完整，有了才溫暖，有了才覺得自己活過。

人為什麼會有愛情？因為人都渴望被愛，當有人愛我，我才知道我有多好。

人為什麼會有愛情？因為愛一個人讓我學會付出，也讓我學會不自私。

人為什麼會有愛情？因為我們想要依戀和被依戀的感覺。

人為什麼會有愛情？因為你想要有個人分享你的成功、喜悅和夢想，要是沒有這個人，成功也太孤寂了。

人為什麼會有愛情？因為你想要有個人分擔你的苦惱和失意，在你沮喪的時候，有個人明白你。

這一生，推動你的是哪一個願望？

我們乘願而來，唯願不是心碎而返。

人都追求圓滿，都渴望圓滿，為了圓滿，我們甚至不惜傷痕累累。可是，無論我們來人間多少回，始終也會覺得生命中好像缺了一塊，缺了親情，或者缺了愛情，缺的東西總是太多。

這一生，乘願而來，是為了圓願；走的時候，卻又留下一個未圓的願。

圓願，是多麼遙遠而漫長的事，一輩子的時光卻如斯有限。

人為什麼會有愛情？因為一個人走的路會孤單啊。

這一生，愛一個人，就是找一個人，和你一起回去。

你離開的那天，我並沒有掛掉

你離開的那天，我獨自喝了一瓶Dom Perignon（唐・培里儂香檳王），這麼貴的香檳，你從來捨不得讓我喝。

你離開的那天，我一口氣買了六雙鞋子，要不是我稍微節制，說不定會買更多。和你一起的日子，你總說我太愛買鞋子，你非常懷疑我上輩子是蜈蚣，你說家裡已經沒有地方放我的鞋子了，可每次買鞋子都是我自己掏腰包的啊。

假若上輩子的我真的是蜈蚣，那我多出息啊！六道輪迴，得要幾生幾世的善業和福報，我這輩子才會輪迴做人？你的好和你的壞，都是我的因果，無論以後有沒有你，我都得好好做人。

你離開的那天，除了鞋子，我也買了一堆新衣，我不知道這些衣服以後會不會穿，抑或大多數時候也只是放在衣櫃裡，可我就是想買，以前你常常抱怨我太愛花錢，我買了衣服只好對你撒謊，把價錢故意說便宜些。你太笨了，好東西哪兒有這麼便宜？

你離開的那天，我把長髮剪掉，燙了一頭鬈髮。眼影、口紅、腮紅、香水和洗髮精，我也買過新的，我想為自己換一種氣味。

你離開的那天，我一個人去看了一場電影，是你不愛看的文藝片。我太沒出息了，一邊看一邊哭得稀哩嘩啦，那部電影明明就不傷感。

你離開的那天，我買了一張單程機票，搭上飛機，跑到一個遙遠而美麗的城市，那個我跟你說過想去而一直沒去的城市。只要隔了幾千公里的距離，愛情的傷痛也許就比較可以忍受。

也是在你離開的這天，我把關於你的一切統統扔到床底下去了。

有些女孩在她愛的那個男人離開之後心都碎了，活得不像個人，可我想換個活法。也許，不是這一天，而是在你離開許多天以後，每次想起你，我才會哭得一塌糊塗，我終究是如此愛過你。

當你愛的那個人執意要走，當他不再愛你，你是否也做得到如此這般灑脫？「你離開的那天，我並沒有掛掉……」即便做不到，有時可以這麼想像一下也是好的，至少我知道，沒有了誰，天不會塌下來。就算天塌下來，我也會找到另一片天空好好活下去。

凡所際遇，豈會是偶然？

對與錯，好與壞，都是際遇，那你就接受吧，然後學著明白這一切的意義。誰走進你的生命，誰離開你，誰曾愛你，誰恨你，誰牽掛著你，誰對你好，這一切一切，都是生命的禮物。

一生中，歡笑和淚水總是輪番上場，笑的時候，你知道也會有哭的一天；哭的時候，你也該想到，總有一天，你不會再哭。

為什麼有時候我們喜歡悲劇的結局？因為它更接近人生和命運。生命中所有的傷痛都為了使你變好，假使你所受的痛苦沒有使你變得更優秀、更堅韌，也更柔軟，這些痛苦就毫無意義了。

假如命中註定遇見一個對的人和一個錯的人，那我希望首先到來的是那個錯的人。那個錯的人，是我的磨難，卻也是我的磨煉。浴火鳳凰，然後我才終於遇到那個對的人，然後，我學會了珍惜。

然後我明白，那時沒遇到那個對的人，是因為我還不夠好。那時的我，那時的你，即使相遇，也不會相愛，只能擦肩而過，把緣分耗盡。幸好，後來才遇到你。

每個人都會漸漸習慣生命中的聚散離合，然後就不那麼執著了。失去的時候，當然還是會悲傷、難過和不捨，卻也知道，有的人，沒有也可以；有的愛，終歸會變。

如果不幸福，那不是因為你愛的那個人不再愛你，而是那個人離開以後你再也不知道怎樣愛自己。

我不感恩那些傷害我的人，我不感恩那些背叛與辜負，但我感恩這一切使我學會愛，給我智慧，使我活得更寬容和漂亮，我也感恩所有的挫敗和傷痛使我成為一個更好的人，看出了終極的幸福一直在自己手裡，卻往往要走過漫長迂迴的路才明白。

當你學會感恩，也就學會珍惜，珍惜自己，珍惜愛你的人。我若變得有多好，從來不是只來自我一個人，也來自我愛過、恨過的人，來自我所有的際遇。

面對真實的自己，是多麼苦澀漫長的路

會去看《巴黎走音天后》這部法國電影，完全是「對號入座」，電影根據二十世紀美國傳奇女高音佛羅倫斯．佛斯特．珍金絲的真實故事改編，講述一個唱歌荒腔走調、沒有音感，也沒有天賦的女人不但一次又一次公開演出，還成了名。對於同樣是五音不全的我，這是個多麼勵志的故事！有些事情，原來並非不可能；有些東西，上帝沒有給你，但你還是可以背著上帝自己去要回來。

故事發生在一九二一年的法國，巴黎近郊一座美麗的城堡的女主人瑪格麗特是個歌劇迷，她酷愛唱歌，卻絲毫沒有天分，普天之下，只有她聽不出自己唱歌走音。可是，由於她家財萬貫，身邊的人一向順著她和奉承她，沒有人敢告訴她真相。每當她忘情高歌，僕人們都悄悄戴上耳塞，臉帶微笑賣力鼓掌。她出手大方，經常捐錢給她所屬的一個上流社會的俱樂部，俱樂部的會員也就很樂意出席她在家裡舉行的那些小型演唱會，更何況每次演唱會總有源源不絕供應的好酒和美食。瑪格麗特從來只聽到掌聲而聽不到背後的訕笑，這使她一直相信自己是唱得好的。當然，她知道有時她也會唱得沒那麼好。

瑪格麗特已是遲暮，卻仍然有著一顆小女孩的心，她唯一的愛好是唱歌。她不世俗，也不造作，她只是需要被珍惜和疼愛，需要相信自己所相信的。她相信音樂，相信美善，相信朋友。她也自始至終相信愛情。

她慷慨仗義、忠誠正直，愛才而又有一副好心腸，她出錢資助一個好歌喉的年輕女孩開演唱會。她幽默風趣，她說：「錢不重要，有錢才重要。」她人太好了，只是唱歌不好，這個缺點又算得上什麼？就連本來想在她身上撈點好處的評論家也被她的真誠感動，成為她的朋友。

只有瑪格麗特的丈夫為她感到羞恥，每次都以車子在路上拋錨為藉口錯過她在家裡的演出。他的車子總在同一個地方、同一棵樹下拋錨，那棵枯黃老樹而今只剩下禿禿的枝丫，就像他們那段老掉了的婚姻。他早就不愛她了，甚至認為自己從來沒有愛過她，愛的只是她的錢。他向情婦抱怨妻子可笑，使他蒙羞，他完全不理解她為什麼就不能停止唱歌，她又為什麼那麼喜歡成為別人的笑料。倒是美麗的情婦內心玲瓏剔透，她對他說：「她所做的一切都只是為了得到你的關注。」

瑪格麗特難道真的笨得沒有看出她緊緊攥在手裡的這段婚姻早已經變了樣嗎？她看出了，但她還是傻傻地抱著希望。她相信自己是幸福的，也一定會幸福。可她那個幸福的世界是用金錢和謊言堆成的一串幻象，只要哪天上帝的大手輕輕一推，那本來已經危如累卵的幻象瞬間就會坍塌，把她扔回現實的那邊，那痛苦的一邊。

我們都是瑪格麗特，迷失在現實與幻象的平行世界裡，有時候活在自己用幻想和謊言建構出來的城堡中，撫琴而歌，唯有明月來相照，卻也自得其樂；有時候，我們偏偏又老老實實待在現實的斷井頹垣裡，告訴自己不要老是做夢，夢是假的，夢是會醒過來的。

瑪格麗特的夢並沒有做到最後。她在那場盛大的公開演唱會上用錯氣力唱歌，傷到咽喉，歌還沒唱完就吐血倒地。丈夫把她送進醫院，她一直沒有好起來。主治大夫是個懂音律的人，當然聽得出瑪格麗特的歌唱得好不好。他決定把瑪格麗特的歌聲錄下來播一次給她聽，希望她認清現實，不再活在虛無的幻象裡，那樣對身體不好啊。

徵得瑪格麗特的丈夫同意之後，這天，大夫和護士搬來一臺留聲機，準備讓瑪格麗特親耳聽聽自己的歌聲。虛弱又歡喜的瑪格麗特坐到臺上的一把椅子裡，滿心期待著。她沒想到，當她聽到自己的歌聲，就好像聽到敲響了的喪鐘，那為她而鳴的喪鐘居然還是走音的。

這顆心從來就沒有能力抵擋無情的現實，至此，她發現原來自己一直是別人的笑料，她唱歌竟然是唱成這樣的，那些掌聲和讚美全都是虛假的。那一刻，她頹然倒下。

回心轉意的丈夫趕到醫院想要阻止這一切已經太遲，這一次，他的車子沒有在路上拋錨，卻趕不及了，就像他的愛回來得太遲，她看不見，也抱不著了。

面對真實的自己，是多麼苦澀漫長的路！我們總是情不自禁走向把我們照得最好看的那一面鏡子，我們總喜歡聽到自己最想聽的那句話。高清年代，當青春散場，沒有了各種美圖工具，情何以堪？

可我們為什麼就不應該走向把我們照得最好看的那一面鏡子？鏡子難道不是真實的嗎？它又不是一面魔鏡。誰都有做夢的權利，既然是好夢，為什麼要醒？你說個必須要醒過來的理由唄！

我想像演唱會結束的那個晚上，瑪格麗特頭髮裡別著鮮花，穿著背後裝飾著一雙羽毛翅膀的華麗歌衫，從歌劇院走出來。她脫掉高跟鞋，款款走進夜色裡，月如幻，星河燦爛，突然，她回眸一笑。餘音回蕩，那是她的歌聲，如許真實，她終究是聽出來了，可這一次她並沒有倒下，而是抬起下巴，向這個世界拋出了一個深情的媚眼。唱得好和不好其實又有什麼關係呢？世人笑我荒腔走調，我笑世人太認真。

人若只留在現實的那邊，難道不會失望和氣餒嗎？一直留在幻象的那邊，卻也會迷糊。無論留在哪一邊都會失衡，於是，我把身體置於這兩個世界之間，以此，我瞭解人生。我的夢、我的幻象是玫瑰、是星星、是月亮，點綴著我的日子，人怎能沒有星星、月亮和玫瑰而活？沒有了這些，將何以度日？將何處覓歡愉？

人生是一場華麗的登臺，抑或由始至終只是自個兒對酒當歌？落幕之前，你是別人的觀眾，還是自己的觀眾？是莊子夢見蝴蝶還是蝴蝶夢見莊子？凡所有相，不都是虛妄的嗎？夜深了，瑪格麗特孤零零走在歌劇院外面寂靜的長街上，幾隻蝴蝶拍著斑斕的翅膀在她頭頂翻飛，她看不見；她曾經渴望的關注到死的那一刻終於如願得到，這個她一直愛著的男人就跪在她腳邊，可她已經夠不著了。曲終人散，你是否看出了浮生若夢？你又是否明白愛情是一生中多麼蒼涼的期待與渴求？

愛一個不愛你的人，就像一場小小的死亡

愛一個人，他不愛你，那就把這份愛默默藏在心底吧。

一廂情願地頭破血流、肝腦塗地，硬要對方知道你的愛、你的苦、你的偉大，說什麼我的愛不用你管，愛你是我一個人的事，與你無關，這樣的愛哪裡是愛？只是撒野和騷擾。有時候，人生是要流著淚、咬著牙，躲起來舔傷口，學著做一個沉默而高尚的人。

我們不都聽過鳥的故事嗎？鳥兒在知道自己即將老死的時候，會奮力飛向遠方，有多遠就飛多遠，然後靜靜地、孤零零地死在那片荒涼的天空底下。我們看到的死鳥，都是受傷死亡，無力遠飛的。

愛的人不愛你，不懂你的好，就像一次小小的死亡，賴著不走或是像遊魂野鬼般時不時幽怨地跑出來露個臉，那死得多難看啊。

你可以苦澀地笑笑，跟自己說：「哦，沒關係。」

但是，想哭的話，請你務必躲起來，有多遠滾多遠。百步之內，豈無芳草？若真的沒有，那就多走幾步吧。人往往渴死在沙漠的那一口井之前，竟不知道只差一步就能遇見幸福。人生的百轉千迴，是你心碎絕望和孤單的時候無法想像的，熬過去，就

是青山綠水。

青山原不老，為雪白頭，綠水本無憂，因風縐面。雪落盡了，風靜了，又是青山綠水。要是他足夠好，那就做他的朋友吧，就好像你從來沒愛上過他，他也從來沒拒絕過你。要是他沒那麼好，那也沒關係，你很快會把他忘掉。

愛一個人，他不愛你，真的沒關係。即使有關係又怎樣？人家都不愛你。

曾有一個女子，自問條件優秀，可她愛的那個男人愛的偏偏是另一人，一個比不上她的女人。她恨死那個女人了，她不甘心，不明白他怎麼可能愛上一個這麼平凡的女子。

後來，她從他的好朋友那裡得知，那個女人長得很像他的初戀情人，相遇的那一刻，他就情不自禁愛上這個人。

無所謂甘心不甘心了，誰讓她長得不像某個人？至少，她知道自己為什麼會輸給另一個人。那份愛很痛，卻並不深，輸了就走吧。

大部分人的問題是不肯走。

那時她想，說不定許多年後的一天，她以前愛過的那個頭一次談戀愛的男人也會愛上一個像她的女子，不為什麼，只因為這個人長得像她，像年輕時的她，像和他相遇相愛時的她。

這麼想的時候，她突然感到些許安慰和幸福，那個曾和她相愛的男人，餘生也許都在尋找一個像她的人。

多年以後，當她有些閱歷，她漸漸明白，男人毫無理由地愛上一個別人覺得很平凡的女人，也許是因為這個女人長得像他的初戀情人或者是他死去的初戀情人，要不就是像他以前的老婆或者他死去的老婆。

或許真的是沒有無緣無故的愛吧。

我們常常只願意接受對自己有利的、美好的因緣而無法接受不利於自己的、痛苦的因緣，愛和不愛不都是一場因緣嗎？你愛的那個人愛的是另一人，只因他倆因緣更深，而你，你也會等到和你因緣最深的那個人。這就是牽手和擦肩的分別。

死死地抓住一段沒有希望的愛情，只是不肯輸，卻不知道是不想輸給自己，還是不想輸給別人。

卑微到跪下來哭求對方愛你，你以為這就是認輸嗎？這只是不肯輸。他被你感動了，留了下來，可是，後來的一天，你會恨這個曾讓你跪下來的人，你會告訴自己，他若真的愛你，怎會要你如此不堪？這樣的愛情終歸是不會幸福的，是要散的。

有時候，你並沒有自己以為的那麼愛一個人，你只是無法接受他不愛你。然而，所有的不愛，終究會隨著時日過去，變得雲淡風輕，只要你肯認輸就可以。

那些你苦苦愛過的和那些不愛你的，都已經過去，都與你無關了。那些愛過你而被你拒絕的，你會希望他幸福。人生若只如初見，你和我只看到彼此最從容的一面，如若糾纏，後來的一天，你大概無法由衷地希望他幸福。

你愛的人不愛你，真的不是誰的錯，而是你們太不一樣了。你和他唯一相似的，是兩個人的眼睛都不怎麼好，所以他才沒看到你的好，也沒看出你眼裡的一縷柔情；而你，你也沒看出他眼裡從來就沒有你。

時日漸遠，你也許會笑話自己，當時怎麼會傻到一廂情願地愛上這個人？幸好，他只是擦肩，而不是牽手。他的拒絕，最終使你變得高尚，雖然這並不是他的原意，他還是你一生裡最應該感激的其中一個人。

你那一口，是小鮮肉還是紅燒肉？

我有個好朋友，從來只愛年輕俊俏的男人，就是現在說的小鮮肉。她當年在戲院看了三遍《投名狀》，是為了看金城武騎馬出場。金城武騎的那一匹是黑馬還是白馬，金城武未必記得，但她肯定記得。吳彥祖剛剛走紅的時候，她迷他迷得像個小花痴，那時我還在辦雜誌，她千叮萬囑，要是我找吳彥祖拍封面，一定得帶上她。幸好，我沒拍過吳彥祖。

金城武和吳彥祖遙不可及，即使不那麼年輕了，他們也只能是別人的。在她身邊、在她生命裡的，是另一些小鮮肉。她每次愛上的男人都比她年輕，有一個比她年輕五歲，另一個比她年輕九歲，還有一個比她年輕了整整十一歲。年輕不一定就笨，可這些小鮮肉全都比她笨。她太聰明了，不覺得需要一個男人來使她變得更聰明，她只要年輕好看、高大帥氣、陪她玩的。可惜，他們一個個都離開了，她到現在還是形單影隻。

那麼多年過去，她當年愛過的小鮮肉早已成了別人碗裡的紅燒肉，但她愛的始終沒變。我不知道當她六十歲，什麼年紀的男人對她來說才是小鮮肉，三十四歲算不算？

年過六十的婚紗女王王薇薇（Vera Wang）幾年前戀上比她年輕三十六歲的花樣滑冰冠軍，那哥兒長了一張大長臉，帥不帥真的是見仁見智，但他畢竟比她年輕許多，都能當她兒子了。她年輕時也是滑冰運動員，從今以後，她可以牽著他的手一起去溜冰，做她年輕時做的事。兩個六十歲以上的人可做不了這件事，只有其中一個年輕，另一個也才年輕；或者至少努力年輕。

愛上小鮮肉的名女人還有《情人》的作者瑪格麗特．杜拉斯。杜拉斯晚年有一個比她年輕四十歲的小男友揚．安德烈亞。他本來是個同志，學生時代深深迷上她的書。不知道是不是她把他掰直了，他是她最後的愛情。他是她的助理、她的繆斯、她的看護，也是她最忠誠和痴心的戀人，她好幾次把他攆走，他卻又死死地回到她身邊，陪她度過人生最後的十六年，那年老色衰的、苦長的十六年。

可也就是揚．安德烈亞在身邊的那些日子，杜拉斯寫出了自傳體小說，也是她最為人知的作品：《情人》。故事裡那個十五歲半的法國女孩愛上的是個年紀比她大一倍的中國男子，那是杜拉斯最初的愛情。最初和最後，竟然是如此不一樣，杜拉斯是否真的愛小鮮肉，永遠是個謎。

青春到底是在自己手裡，還是你青春故我青春？

青春終歸是在自己手裡吧。我喜歡比我老的，你老些故我青春。等我很老很老了，無論去到哪裡，至少有一個比我老的為我墊底，讓我覺得我還不算老，這多好啊。

我太壞了吧？誰讓我心裡一直住著一個男人、一個女人、一個孩子和一個老人？他們都是我，那個孩子喜歡比她老的大人，那個老人喜歡跟她一樣老的老人。也許，真實的年齡從來無關緊要，我們愛上的，是跟我們心智年齡最接近的那個人。

你的心智年齡是幾歲？

你是幾歲，就愛上幾歲。我喜歡風霜的味道，當然，男人只有老得好看才叫風霜，否則只是衰老。女人無所謂老得好看和不好看，只有老得快些和老得慢些。有人說吃素使人年輕，可是，餓著肚子的苦寒的冬夜，能喝到一碗飄著油花的熱騰騰的肉湯，是多麼美好和溫暖的撫慰！

我並非無肉不歡，其實我只吃一點點肉，不吃也可以，只是，對肉的渴望是那麼塵世的存在，煙火人間，飲食男女，倘若只有素，就好像再也沒有任何綺思和欲念的愛情，終究是有點感傷。還有牙齒可以咀嚼的日子，就讓我偶爾吃口肉吧，那是紅塵俗世的味道。

你喜歡吃什麼肉？小鮮肉？紅燒肉？熟成牛肉，還是神戶牛肉？

滿布油花的神戶牛肉雖然名貴，我真不覺得它好吃，它也太肥了吧？都說愛吃牛的都喜歡有一點脂肪的，就好像愛吃叉燒的都吃半肥瘦，但我偏愛瘦的，小鮮肉和紅燒肉皆非我所愛，牛肉麵和家常的青菜炒牛肉好吃多了。要吃牛排，美國安格斯牛肉挺好吃的。想吃瘦的，義大利有一種白老牛，肉質鮮嫩而沒有脂肪，甚至可以養到十七歲才吃，吃下去依然不老，這應該是最老的小鮮肉吧？

吃牛排，我愛吃熟成牛肉，新鮮的牛肉放在特製的熟成室裡吊掛和風乾，牛肉的水分蒸發，肌理也改變了，變得柔軟多汁，肉味更醇厚。雖然熟成過程只有短短數十天，對牛肉來說卻是漫長的歲月，最後那獨特的風味正是光陰的滋味。

有人愛吃老牛肉，有人愛吃小牛肉，喜歡它的細膩和奶香，我不愛吃，正因為不喜歡它聞起來像奶娃兒的氣味。我可喜歡喝牛奶了，但吃牛犢又是另一回事，就像我喜歡咖啡餅乾和咖啡蛋糕，也喜歡咖啡的香味，卻不怎麼愛喝咖啡。

口味就是這麼奇怪的東西，就像喝酒，有人喜歡新鮮冰凍的啤酒，有人喜歡陳年佳釀；有人喜歡有年分的紅酒，卻也有人喜歡以當年採收的葡萄釀造的薄酒萊新酒；有人喜歡老波特酒，卻也有人覺得波特酒是女人喝的酒。烈酒、淡酒、老酒、新酒、女人的酒、男人的酒，無所謂哪一種酒最好，你喜歡喝的就是最好。

不是所有男人都跟好酒一樣，愈老風味愈好，也不是所有小鮮肉都永遠長不大，有些小鮮肉聰明、成熟、專一。有一種小鮮肉，當時光已老，你兩鬢如霜，他明明也不年輕了，可是，在你眼中，他永遠年輕，永遠都還沒長大，也依然青澀，這塊小鮮肉，只能是你兒子吧？

除此以外，所有小鮮肉也都有不鮮的一天。

以前喜歡一個人可以喜歡很久，從鮮到不鮮，即使他成了臘肉，你還是愛。小鮮肉的賞味期限卻愈來愈短，江山代有鮮肉出，各領風騷三兩年。是我們變了呢還是小鮮肉的本質就是不長久？

夢裡可以有很多小鮮肉，甚至天天換款，生活裡又是另一人。我不歧視小鮮肉，賞心悅目總是好的，可是，當我老花了，他戴著墨鏡都能看清楚每一個像逗點似的小字，我肯定難過得要死。

我的好朋友說：「怕什麼！那就讓他幫我看吧。」不管她工作時多麼幹練，她的心智年齡在二十歲之後就沒有再長大，她永遠比我年輕。和她兩個人吃皮蛋拌豆腐，我愛吃皮蛋，她只挑嫩豆腐吃；生病時，她會調一杯熱巧克力喝，而我總愛吃一碗皮蛋瘦肉粥。皮蛋這東西，外國人叫 Thousand-year egg，千年老蛋，皮蛋才沒有醃上一千年，它只是一隻年華老去卻風味更佳的鴨蛋而已。吃麻辣火鍋，又怎麼少得了老豆腐和老油條呢？有些食材，愈新鮮愈好；有些食材，得披上一層風霜。

嫩菜醃菜，各有所愛，吃東西可以胃納四海，愛情卻不可能什麼都試試，人總有情有獨鍾的一類人，你那一口，是小鮮肉還是紅燒肉？你的愛情到底是什麼味道的？鹹的苦的酸的甜的？抑或是百味紛陳？無所謂哪一口更好，對胃口的就是好。

愛情的滋味是很個人化的，它是成長的味道，是記憶的味道，也是生活的滋味，是我們過去的故事造就了我們而今喜歡的東西。為什麼不斷受傷卻還是愛上同一類人？為什麼明知道不適合卻又情不自禁？你喜歡的，也喜歡你；你是我那一口肉，我也是你那一口酒，那得要多大的運氣？一旦遇上了就不醉無歸吧。反正，無論愛的是哪一口肉，無論有多愛，綺思和欲念總有一天會成為回憶，我們都會老起來，早晚會變成風乾火腿，那時候，也就無所謂金華火腿、帕瑪火腿或者火腿之王伊比利亞火腿，反正都已經是火腿了。

假如愛的不是你，誰還要相信愛情？

生命中也許會有那麼一刻，你由衷地感謝你的敵人或是你的對手，是他們提升了你，甚至成就了你，是他們讓你成為最強大和最優秀的自己。

李宗偉終於在里約奧運會贏了林丹，可最後大家都輸了。李宗偉輸給諶龍，擺脫不了千年老二的命運，林丹輸給丹麥的阿塞爾森，失掉銅牌。李宗偉三十四歲，林丹三十三歲，自古美人如名將，不許人間見白頭，運動場上尤其殘酷。可是，林丹許下豪情壯語，他說，只要李宗偉打，他就打。

十二年來，兩人對決三十六次，一個自小鋒芒畢露，一個從小不被看好，只能當後備，全憑個人努力不懈登上頂峰。里約之戰，也是兩個男人的約定，可是，最後的對手不是你，我都不想贏了。

十幾歲的時候，我很喜歡跑，每年也參加學校運動會的八百米賽跑，我的好朋友小月也跟我一起跑，可每次一起步她就黏著我跑，真是礙手礙腳啊，而且她跑起來像袋鼠一樣，根本不是跑，更像是一下一下地跳。我都氣壞了，賽後我問她幹嘛黏著我跑，她每次的答案都一樣，說她就是喜歡黏著我，黏著我就可以跟著我的節奏跑。

天呀！我又沒跑第一，我每年都只拿到第二，她不是應該黏著第一名跑嗎？況且，我才沒跑得像袋鼠，我跟她的節奏才不一樣。多年不見，我常常想起她，想起那個老愛黏著我的小身影，那時她連逛街也要牽著我的手。最後一次見面，她已為人母，還是那麼瘦，頭小小的，從來就不長肉。如今我和她都跑不到八百米啦。

無論什麼運動都得有個對手，有個對手也就是有個伴兒，自個兒對著一面牆打乒乓、自己跟自己打籃球，那多寂寞啊。

愛情不是也得有個對手嗎？他是最好的伴兒，讓我努力為人生奮鬥。當我落敗、當我想放棄，他會給我鼓勵，會鞭策我，告訴我，我要快點站起來陪他一起跑，他才不要一個人跑。他告訴我，我可以做到，我比我自己以為的要優秀許多。

他也是最好的老師，我因他而長大，因為愛他而懂得自愛，因為愛他而愛生命，因為愛他而瞭解人生所有的可能和不可能。遇強愈強，我怎麼能愛一個不如我的人呢？

你愛的人，是否像你愛他一樣愛你？抑或他總是讓你感到孤單？

世上有多少肝膽相照的情誼？有多少惺惺相惜的對手？有幾個林丹和李宗偉？我們對友情總能夠寬容些，若不肝膽相照，對酒當歌也不錯，這裡又不是江湖，也不是武林，惺惺相惜多麼不容易。

我們對愛情卻難免執拗，無論愛過幾個人，終究只能選擇其中一個，一同渡到彼岸，在那兒，唯願我沒有辜負這一生，唯願我是遇到最好的對手，他像我愛他般愛我，他瞭解我的好和不好，他懂我的不安與脆弱，他也憐惜我的自憐。

他是那個只要我打，他就打的人；是那個只要我堅持，他就堅持的人。愛一個人，能一起的日子頂多不過就是數十寒暑，直到我們兩個都再也走不動了。這一生，是他提升了我，也只有他能夠讓我活出最好的我。

我微笑，是為了你微笑；你在，我就在。深情而沒有對手，終究只是一個人孤獨漫長的旅程。假如愛的不是你，誰還要相信愛情？

理工男和文科男，你要嫁給哪一個？

有一年，在西安交通大學演講，交大以理科為主，當晚來聽演講的大部分都是理工男和為數不多的理工女。一個男生在臺下發言時說，他們中學時只管拚命讀書，戀愛是想也不敢想，怕影響學業，如今終於考上了心儀的大學，一心想著可以盡情戀愛了，這才發現念理科的女生很少，男生那麼多，根本就不夠分配，他很苦惱，問我該怎麼辦。他的提問把大家都逗笑了。

接著輪到一個女生發言，她抱怨說，事實並不是交大的女生太少，而是這些男生都嫌棄理工女不漂亮，紛紛跑到旁邊的師範大學去結識比較漂亮和會打扮的文科女，她們理工女在學校也找不到男朋友。她這麼一說，大家比之前笑得更厲害了。

到底是理工女給人女漢子的印象，太不修邊幅，還是理工男太受歡迎，文科女和理科女都想和他們戀愛？

於是，終歸又回到那個老問題了，你想嫁給一個理工男還是嫁給一個文科男？當然，大前提是，你有兩個選擇。

近來紅遍全國的理工男應該就是在昆明蹲大牢的那一位了。這個理工男因為太聰明了，幾次從員警手上逃脫，又兩次成功越獄。本來已經判了死刑，卻在監獄裡通過數理化知識發明了專利，獲得了發明博覽會金獎，免於一死，改判有期徒刑。他又說服監獄改良了防越獄系統，成為模範囚犯，改寫了以後的命運。真的是學好數理化，走遍天下都不怕，連監獄都得給你一面獎牌。可是，你想要的理工男應該不會是他吧？

理工男的優點和缺點，隨時都可以寫滿一張紙，文科男的好處和壞處也人所共知，一個理工男並不代表所有理工男，一個文科男也不代表全部，我們說的只是共性。

對我來說，一個會做微積分的男人比一個會寫詩的男人更迷人，一個懂得天體物理學的男人也比一個會寫小說的男人更性感。並不是說我不喜歡詩和小說，而是我大概知道他們的腦袋怎麼運作，他們會做的，我也會做，於是就不會特別稀罕了。我想要的是一個平衡的人生，比起詩歌和小說、電影和藝術，我更想知道一個理性的世界是怎樣運作的，我希望有個人會用我能夠瞭解的方式告訴我，相對論和萬有引力是多麼地浪漫。要是他說了我也不理解，而且我也多半不能理解，那也沒關係，他懂就好。

愛情和婚姻，或者友誼，好像是物以類聚，卻往往是互補。像我這樣一個數學不好的人，身邊卻都是數學好、理科也好的男生和女生，有時我懷疑這是上帝還給我的，就像晚上出生的人上帝都讓他們多睡一會兒，把他們變成了夜貓子，允許他們每天睡到日上三竿。

上帝不會總記得給你補償，你沒有的，有時得自己去找，你數學不好，就找個數學好的吧，兩個人數學都不好，看上去多傻啊，怎麼過生活呢？當你找到了，你就得學習包容。你喜歡理工男的理性，就得包容他不感性的時候。至於是理性的人比較花心還是感性的人比較花心，完全要看那個人，跟他的專業一點關係都沒有，要變的時候，誰都會變。幸好，我認識的理工男大都很感性。這麼說可能有點矛盾，理工男感性的時候也比較理性，文科男的感性卻很氾濫。

你到底想要一個理性的男人還是感性的？愛因斯坦和畢卡索，哪一個你更想跟他共度餘生？多情的畢卡索不會給你痛苦嗎？抑或，如果是他，所有痛苦都值得。找愛因斯坦做丈夫，痛苦可能會少一些，問題是，他待在實驗室的時間可能比待在家裡的時間更長，而且無論你怎樣威逼利誘，他應該都不肯去剪頭髮。

霍金和王家衛，你更想和誰待在一個房間裡？那得看你想要過一個怎樣的人生。你想有個人幫你修電器、有個人隨時都可以幫你把電腦翻過來拆掉再重新安裝，還是想有個人跟你漫談康得和海德格爾、毛姆和托爾斯泰？為什麼就沒有一個會修電器的托爾斯泰？算了吧，人生的遺憾又豈止這些。

戀愛是一回事，結婚可能又是另一回事。你也許更想和一個文科男戀愛，但最後，你或許會選擇嫁給一個理工男。你可能想和一個音樂家或者作家談戀愛，但是，你可能想嫁給那個拯救世界的科學家和拯救人類的病理學家。你愛上的，也許是他們給你的安全感，可安全感其實也是很虛無縹緲的東西，像宗教一樣，你覺得有就有，沒有就沒有。

嫁給一個理工男，你要擔心的，不是他們不浪漫，也不是他們一門心思鑽研一樣東西，而是他們理科太好了，像美劇《絕命毒師》裡那個化學老師，你能不害怕嗎？

一旦要下手殺掉枕邊人，理工男是完全可以做得很俐落而且不留痕跡的，甚至連屍體也不會讓人找到。當然了，喪心病狂起來，文科男也會殺妻，只是他們沒做得那麼乾淨罷了。

為什麼就沒有文理俱佳，專一也深情，聰明幽默，有情趣，會賺錢，也會生活的男人？不是沒有，而是他們通常都已經在別人手裡。因為在別人手裡，離你太遠，你看不清楚，所以覺得特別好。

魚與熊掌，哪兒能兼得呢，都說只能跟一人過日子，既然他都是托爾斯泰了，他為什麼還要會修電器呢？難道愛因斯坦還得為你寫一首歌嗎？理性的世界從來不是這樣運作的，你就別那麼沒邏輯。

嘲笑愛情之後，我們得到什麼？

大家看了《應召女友》（The Girlfriend Experience）第一季了嗎？

此劇由鼎鼎大名的史蒂芬・索德柏（Steven Soderbergh）擔任執行製作人，索德柏導演過《性、謊言、錄影帶》、《永不妥協》、《天人交戰》和《瞞天過海》，這部十三集美劇以他在二〇〇九年執導的電影《應召女友》作為藍本，講述芝加哥大學法學院高材生克莉絲汀・里德（Christine Reade）的雙重人生。

Christine一角由「貓王」艾維斯・普里斯萊（Elvis Presley）的外孫女芮莉・克亞芙（Riley Keough）出演。美麗的Christine白天是法學院學生和一家享有盛名的律師事務所的實習生，前途一片光明，可到了晚上，她卻是那些多金老頭和中年大叔的床伴，收費以每小時一千美元起。

索德柏電影裡的女性角色一向剛毅硬朗，Christine雖說是應召女友，倒好像不是男人付錢睡她，而是男人付錢被她睡；不是她取悅男人，而是她拿錢教男人如何取悅她。她在床上幾乎都採取主動，唯一一次跟同性室友滾床單，她倒是選擇被動。這個反社會的女子在她性感迷人的外表底下是個內心孤獨的控制狂。

明明是肉體交易，所謂The Girlfriend Experience是買賣之間的灰色地帶，男人付錢買的不單是Christine的身體，也是她的陪伴。明明是高級妓女，她賣的卻是女友的感覺。一個剛剛喪妻的老頭找上她，想要的是她的陪伴和安慰，當然，附加的是一張漂亮的臉蛋和那副青春的肉體。

相比起其他恩客，老頭對她似乎是最好的，她也喜歡這個老鰥夫。一天，兩個人坐船出海玩，他跳進水裡之後不見了，以為他溺死的那一刻，她慌了。當他好好地從水裡冒出來爬回船上，她悄悄盯著他看了一會兒，什麼也沒說。她本來可以說她多害怕他會死，只要她說出來，老頭肯定會感動，會給她更多，可她不肯說。她恨這慌亂的、害怕失去一個人的感覺，她不習慣軟弱和依賴別人，甚至為自己的這種感情感到難堪和憤怒。

不久之後，老頭兒真的死了，這個好心的男人留了一份遺產給她。她有沒有感動，戲裡沒看出來。老頭的兒女用了卑劣的手段阻止她拿到這份遺產，她最後只得不情不願地放棄。可即使拿到那五十萬美元的遺產，她大概也不會停止這種生活。

明明是付足了錢的一場買賣，老頭死後為什麼留給她錢呢？老江湖如他，難道不清楚他只是她眾多客人之中的一個嗎？他不會傻得以為她對他動了真情，只是，情與欲之間，有時候就是這麼模糊。情總離不開欲，那麼喜歡你，難道不想碰你嗎？碰多了就難免有情。有的人比較多情，有的人比較薄情，無論多或少，始終還是有情的。有情就有依戀，有依戀就會恐懼失去。在佛陀時代，有一條戒律是這樣的：頭陀不三宿空桑之下。比丘在一棵樹下過夜和打坐不能超過三天，到第四天必須離開，因為在那個地方住久了就會留戀，有留戀就有牽掛，就有感情。佛猶如此，人何以堪？

都說人生若只如初見，Christine多恨這種依戀的感情？她才不想花時間與任何人建立關係。比起和陌生男人上床，她更害怕的，是需要別人的感覺。與其被失去某個人的恐懼所折磨，不如不要相信任何人。不渴求什麼，也就不失去什麼。世人所渴求的溫暖、幸福和陪伴，對她來說都是可笑的。

她愛上她的上司大衛，只因大衛同她一樣無情和自私。但她錯了，大衛並不是同她一樣無情和自私，而是比她更無情，更自私，更不擇手段。上床之後，發現她稍微對他動了情，他就像甩開一隻討厭的蒼蠅那樣馬上甩開她。可她不是蒼蠅，而是吸血蟲。像她這種女子，受傷之後只會變得更強大和更瘋狂。她偷偷錄下兩個人最後一次的性愛片段，以此控告他性騷擾。他的事業徹底被她毀了，可也就在這一刻，他竟想念起她。

人的感情多麼奇怪！我們對同類既恨且愛。我們知道，唯有同類瞭解我們。獅子瞭解獅子，貓咪也瞭解貓咪，知己知彼，好像就不那麼孤獨了。有個人如你一樣壞，或是有個人如你一樣無情，居然是滿有趣的。

這些應召女友和客人之間由始至終只是一筆明碼實價的買賣，各取所需，可有那麼一刻，你發現，在這場買賣裡，買與賣同樣卑微可憐。買的人好像高高在上，手上有錢，可以號令一切，賣的也恃著青春和美貌收錢辦事。一夕之歡，事後各不相干；肉帛相見，在床上如此親密，走下了床，還是各自穿上衣服回家去。汗水體液，只是一場交易，為什麼卻又樂此不疲呢？

誰教你有欲念？人都被自己的欲念控制著，在自毀的路上醉生夢死、飛翔或慢走，以為那是通向歡愉的路，那條路卻是通向幽黑之地，在那裡等著的，只有孤單和落寞。我想起我那個風流成性的朋友說的一個故事，他說，有一次，他和一個女人一夜情之後，那個女人睡著了，他坐在床邊，看著她赤裸裸的背，突然覺著說不出地沮喪，他哭了，他後來告訴我，那一刻，他好寂寞。我們很難想像這種人會寂寞，可再想想，一個無法獨自度過一個夜晚的男人的確是寂寞的。

Christine陪伴過許多像他這樣的寂寞的男人，她看來總是那麼體貼和善解人意，她用一雙纖纖玉手撫慰他們可憐的肉體，滿足他們卑微的欲念，可她從來不是欲海慈航，她才沒想要普度這一群欲海蒼生。她壓根兒就是一艘欲海航母，是要航向那片愛欲的荒蕪之地，在那兒睥睨承諾、嘲笑愛情。

這個叛逆的女子早看穿了肉欲與愛情的荒唐與荒謬。肉欲固然是苦的，它總需要我們的臣服，可愛情又何曾可靠？有時我們心裡想倚靠一個人，有時卻又知道想倚靠那個人的這顆心多麼柔軟、脆弱和荒涼，也多麼危險。那倒不如倚靠自己的青春和美貌，自己至少不會背叛自己啊。

青春和美貌卻也是危險的。Christine的一個客人愛上了她，他把她帶進他的生活裡，讓她認識和他最親近的幾個朋友，他甚至買下一幢臨海的漂亮的房子給她，只要她願意，隨時可以搬進去。他唯一要的，是她從今以後只屬於他一個人。

她看起來好像也愛他，可她才不是。在她心中，他只是她其中一個捨得花錢的客人，有一條界線，是他不能超越的，一旦超越了，她就會掉頭離開。這個可怕的占有狂被拒絕之後，用她的電子郵箱把他偷偷拍下的兩個人的性愛短片發給所有人，包括她的家人和律師事務所的每個人。這一天，她崩潰了，也是從這一天起，她逐步走向瘋狂，變得混亂和歇斯底里。她崩壞的人生就像股票一樣，一夜崩盤。做個應召女友，並不是她當初想的那麼輕鬆和美好，擺在她前面的，將是一齣失控的悲劇。

誰說只有自己不會背叛自己？除了你自己，誰又能使你墮落？我們卻總是臉帶微笑傷害自己。Christine曾否後悔自己的選擇？像她這樣的一個女子，是決不肯後悔的。這條路並非沒有歸途，也並非無法回頭，但她寧可失去一切也不願意回頭。

依戀和依靠別人真的是一份脆弱的感情嗎？抑或，有個可以依戀和依靠的人，始終是溫暖的？在紅塵中踽踽獨行，沒有一棵樹可以留戀，沒有一個人可以牽掛，沒有一顆星星的陪伴，那是多麼孤寂而淒涼的前行！

嘲笑愛情之後，我們得到什麼？相信愛情的人，終究是比較幸福的。

如果你婚後才遇到真愛

福樓拜的小說《包法利夫人》裡，美麗的農村姑娘愛瑪懷著對愛情和婚姻的憧憬嫁給了鄉村醫生包法利，婚後的生活卻未如人意，那和她想像的相差太遠了。鄉間生活枯燥乏味，丈夫平庸軟弱，這並不是她想要的日子，她才不要這些。她禁不住嗟嘆：

「當初為什麼要結婚呢？」

少女時代在修道院裡所接受的貴族教育並沒有使愛瑪變得清心寡欲，反使她更嚮往轟烈的愛情，那顆曾被壓抑的心夢想著有一天要不顧一切奔赴愛情，就像一個小女孩抬頭看到一盞華麗的水晶吊燈，總想著有一天要和自己心愛的男人在燈下久久地跳一支舞，一直跳到曲終人散。可她的愛情從來都是空中樓閣，一遇到現實就破滅了。

王爾德不是有句名言嗎？「男人結婚是因為累了，女人結婚是因為好奇，結果大家都失望。」愛瑪和包法利醫生，一個嫁給幻想，一個娶了虛榮，結果大家都成了悲劇人物。

對婚姻失望的愛瑪終於踏上了不歸路。她先是跟花花公子羅多爾夫偷情，可這個情場老手一心只想玩弄她，一發現她竟然那麼痴心就嚇壞了，狠狠把她甩掉。

愛瑪好不容易從傷痛中站起來，卻再也無法安安分分回到她那段沉悶的婚姻裡了。她愛上比她年輕的小律師萊昂，以為這個男人不會再辜負她。可這一次她又錯了，萊昂不過是個自私而怯懦的小白臉，他享用著她的身體，心裡卻瞧不起這個背叛婚姻的女人。

愛瑪一次又一次奮不顧身地撲向愛情，卻一次又一次撲空了。她苦苦追尋愛情而終究失望，那些甜蜜的夢想，那些幸福的溫存，一切一切，都隨著愛情的消逝而幻滅，她頹然倒在自己一手建構起來的幻象裡，再也沒有希望的那一刻，她用砒霜親手終結自己。

愛瑪沒有嫁給愛情，也沒有嫁給婚姻，她嫁給了幻想。她沒有敗給婚姻，而是敗給自己浪漫的天性、敗給虛榮和欲望。追求愛情也是虛榮的，終將嘗到幻滅的痛苦。

比起愛瑪，《安娜．卡列尼娜》裡的安娜是幸福的，渥倫斯基是真的愛她。可是，這段愛情是安娜用婚姻、名譽、貞節和年幼的兒子換回來的，只要激情稍微褪色，只要有些許失望的時刻，她就懷疑渥倫斯基的愛，也不免懷疑自己的選擇。安娜的結局最後還是跟愛瑪一樣，她躺在火車車軌上，聽著那轟轟的車聲，親手終結了自己。

愛瑪和安娜的悲劇，也是那個時代的悲劇。那時候的女人又能有多少選擇？愛瑪因為生了一個女兒而失望，她一直想要一個男孩，因為男人是自由的。

我們離那個時代遠了，男人和女人，彼此都是自由的。要不要相信愛情？又要不要相信婚姻？萬轉千迴，到頭來，是你要不要相信一個人，你要不要相信自己。

愛情是一個人的武林還是兩個人的江湖？是孤獨的追尋還是總會遇到那個願意守候你十六年，甚至一輩子的人？你是否相信兒女情長、神仙美眷？那就像你是否相信有絕世武功。絕世武功是有的，只是，最後能夠練成的人不多。

愛情把你帶到夢想裡，婚姻卻又把你扔回現實裡去。情何以堪啊？把婚姻帶進愛情裡，或者把愛情帶進婚姻裡，是多麼不容易！一顆禁得起誘惑的安定的心，得要經過多少年的歷練，得要多麼強大的愛與意志？

常常有女孩子問我，婚後遇到最愛怎麼辦？當你提出這個問題，你真的不該現在去結婚或者嫁給你現在準備要嫁的那個人。沒有一個人是完美的，也沒有完美的婚姻。我們苦苦追求完美，到頭來才發現人生充滿了缺憾與遺憾。人生一切的努力，不過就是盡量減少缺憾與遺憾。

有時我們想倚靠愛情，有時卻又知道想倚靠愛情的這顆心多麼柔軟、脆弱和荒涼，也多麼危險。於是我們想倚靠婚姻，以為一紙婚書應該比愛情可靠，可是，有那麼一刻，婚姻讓我們更失望了。

要倚靠自己嗎？連自己都是不可靠的，我們總是被自己的欲望主宰，想要的太多了。人有欲求就苦，要待到何時何日，此身此心才能夠安坐浮世之舟，靜聽一夜細雨，看雲聚雲散、人臉桃花，看出一切都是虛空妄想，都把握不住，凡有欲求都是可憐的。

為什麼你不結婚？

我只能說，婚姻的門檻太高了，我不想對自己失望，也不想對別人失望。

你可以拒絕婚姻，但請別拒絕愛情

剩女從來不是什麼新鮮事兒，看看身邊的朋友，你會發現，幾乎每個人都有一個沒嫁的家人或者親戚，有一些甚至從很早的時代已經剩下來，你男朋友的老姑母、好朋友的老姐、舊同學的大表妹和老闆的妹妹，統統都是資深剩女。這些剩女年資太深，同輩早已經生兒育女，有些更抱孫了，她們一個人倒也活得挺自在的。

剩女豈是今天才有的事？只是每個時代也有不同的稱號而已。我家有剩女，就像家家有本難念的經一樣平常。一開始，你覺得剩女是個貶義詞，可漸漸不這麼看了。當有個人每天打你一巴掌，你習慣了就不覺得有什麼問題，這不過是生活的一部分。

我有三個可愛的表妹，只嫁掉一個，剩下的兩個毫無疑問會孤獨終老，她們比別人幸運的是，姐妹倆可以互相守望到老。為什麼只有最小的那個嫁掉？小的那個性格是比較外向，可是，剩不剩下來，從來跟性格無關，更多的是緣分和際遇。

有時候，不妨換個想法，為什麼愛情沒找上你？連愛情都沒有，更別說色情了。

會不會你上輩子是妲己？酒池肉林，太荒淫了，這輩子就一個人靜靜地面壁思過吧，下輩子再來顛倒眾生。

會不會你前世是埃及豔后？曾經裙下之臣無數，桃花運早早用完了，這一世就清風明月，獨坐幽篁裡，彈琴復長嘯吧。

一輩子很短，換個想法就不一樣了，等下輩子再復仇吧。下輩子做個男人，不戀愛，不結婚，也沒有人會說你是剩女，只會懷疑你其實不喜歡女人。

或許，只戀愛，不結婚，浪蕩一輩子，別人都羨慕你那麼自由，沒有人會用孤獨終老來形容你。

為什麼沒遇上心中想要的那種愛情啊？有些女孩子嚮往轟轟烈烈的愛情，抱怨自己沒遇上，然而，愛情終究是一種配對，你不是一個轟轟烈烈、甘願為愛情赴湯蹈火的人，又怎會遇到轟轟烈烈的愛情？轟烈從來不是際遇，而是性格。你得要是這種人，才會遇上這樣的愛情，就好比你得要是個浪漫的人，才會遇到一段浪漫的愛情；即使原本不浪漫的，你也會把它談成一段浪漫的愛情。

反過來，有些女人對於愛情幾近無所謂，她們冷靜而缺乏熱情和激情，從戀愛、結婚，到生孩子，就好像是人生必須走的路，把它當成工作般做完就好了。要是有人跟她說愛情必須轟烈和刻骨銘心，她只會覺得你太不切實際，你電影和小說看太多看傻了。讓人妒忌的是，偏偏是這種冷淡和實際的女人到了應該嫁人的時候總能夠把自己嫁掉，而且嫁得不錯。

用情太深的女人卻往往沒那麼幸運，這是上帝要懲罰一個深情的人嗎？

我不認為剩女是因為太挑，這是愛情啊，挑是應該的。緣分來的時候，再挑、再煩、再難相處、再不好看的女人也都能嫁出去，也都有人愛。我身邊很多資深剩女並不比嫁出去的那些沒條件，她們的條件甚至要好一些。

獨身也可以活得很精采，只是，當一個人見過太多資深剩女，不得不承認，一個女人還是應該談戀愛的。當你愛過，你才會知道愛情是怎麼一回事。你可以拒絕婚姻，但請別拒絕愛情，它缺點很多，卻終究是美好的，是值得你去擁抱的。曾經擁抱過愛情，那麼，當你老了，你不會變成一個孤僻和脾氣有點古怪的老女人，你不會後悔你沒去戀愛過。

愛情，當它甜蜜的時候，的確是甘霖雨露，至少你知道男人是什麼東西。當你嘗過愛情的滋味，你會同意，它是人生最濃烈，也最複雜的一種滋味，沒有別的味道可以跟它相比。

當你愛過，你才算是看過人間的風景。為什麼不勇敢去戀愛呢？為什麼因為害怕受傷而不去開放自己呢？

去嘗試吧，去愛吧，去受傷吧！以一個孩子的赤誠和純真、以一個成年女子的激情、以一個老女人的成熟和滄桑，勇敢去談一次戀愛吧！

你都爬到山頂了，為什麼不看看日出再回去？哪兒有這麼笨的呢。走了那麼遠的路，衣衫已老，為什麼不看看那一輪落日再踏上歸途？

你來過，你也愛過，一生中，有些風光是值得用餘生的安靜去換取。愛是人生最甜蜜也最哀傷、最真實也最虛幻的風景。當你見過了悲歡離合、恩愛無常，即使最終是一個人，也是一個不一樣的人了。

是找個人搭夥過日子
還是等待靈魂伴侶出現？

女人問男人：「你是愛我的靈魂還是愛我的身體？」

「哎，當然是你的身體。」他逗她說。

「只愛我的身體，那就是不愛我嘍？」

「不是不是，我當然是愛你的靈魂！」

「你不喜歡我的身體嗎？是不是嫌我胸太小？」

「呃，你的身體和靈魂，我兩樣都愛。」

「你到底是愛我哪一樣多一點？」

所有這些鬧著玩的傻問題，無論如何也不會有滿意的答案吧？

艾倫．狄波頓的自傳體小說《我談的那場戀愛》裡，男主角第一眼看到女主角珂蘿葉就愛上了她。為什麼會愛上她？他沒描述她怎麼好，也沒說她有多美，而只說：

「她有靈魂。」

那就是說她身上有些東西是屬於內在的，超越了外表，迷倒了他。可是，身為哲學家的狄波頓竟然沒有雄辯滔滔，解釋什麼是靈魂。每個人對靈魂的理解大抵都有些出入，你擁有什麼樣的靈魂，你就怎麼理解靈魂。

我們看人不都是先看外表嗎？第一眼看上一個人，明明是外貌，卻好像穿過外表看到了靈魂，靈魂哪兒有這麼容易看到？可是，若我無法愛上外在的你，又怎會想要探究你內在的靈魂？你的靈魂當然會為你的肉體加分，就像艾倫・狄波頓，三十歲不到就謝頂，長得也不帥，但他才華橫溢，看他的書，你會愛上他。才華是內在的，是更接近靈魂的東西。

什麼是靈魂？我們說的也許是精神契合。喜歡一個人，往往從肉體開始，然後才愛上靈魂，當我也愛你的靈魂，才能夠持續愛你的肉體。愛情早晚是要超越肉體的。肉體怎能永恆呢？唯有愛能夠走遠些。

今年五月底，在廣西南寧跟一群大學生聊天，我問他們一個問題：「靈魂伴侶和生活伴侶，要是只能二選其一，你會選哪一個？」

那天晚上，臺下坐滿了幾百個學生，結果大部分人都選了靈魂伴侶。

那一刻，我心裡想：「到底是年輕啊。」

年輕多好啊，離生活還遠呢。

一天，當他們離開校園，當他們多愛幾個人，多心碎幾次，多受一些情傷，當他們沒那麼年輕了，他們的答案還是會跟當天一樣嗎？抑或，他們最後會選擇一個生活伴侶？

要是一個人情竇初開就寧可找個生活伴侶而不是靈魂伴侶，那才奇怪呢，說不定是早老症。年少的時候，愛的當然是那個和你精神契合、志趣相投的人，你和他有說不完的話題，你愛的，他也愛；你喜歡的，他也喜歡；你討厭的，他也討厭；你不以為然的，他也不以為然。誰會愛上一個話不投機的人？一想到生活伴侶，就認為那個人是不愛的，是為了生活才跟他一起。

你討厭的，我也討厭，你喜歡的，我也喜歡，那會不會是因為我們正在熱戀？又會不會是我們其中一個比較沒主見？人有時連自己的靈魂都不瞭解，又何曾認識對方的靈魂？何況，我們往往通過肉體去愛一個靈魂。假使我無法愛上你的肉體，你的靈魂有多美也跟我無關了。

既然靈魂那麼好，靈魂相知的兩個人為什麼最後還是會分開？靈魂不易，生活更難。那個你崇拜的大作家和音樂家最後娶的是一個照顧他生活的女人，而不是一個同樣才情橫溢的女子。可是，也有許多女人在照顧一個她深深仰慕的靈魂伴侶之後就徹底受不了他，除了打掃自己的靈魂之外，他好像什麼都不會。

生活伴侶就是不愛嗎？也不見得。不愛又怎麼可能和你過生活？

這麼多年後，回頭再讀米蘭．昆德拉的《生命中不能承受之輕》，就更明白靈魂伴侶和生活伴侶。托馬斯跟薩賓娜和特麗莎都是從肉欲開始，卻只有薩賓娜是靈魂伴侶。他們是同類，兩個人相知也相惜，多年以後還是老朋友，卻從沒想過在一起。特麗莎從來不像薩賓娜那麼瞭解他，她幼稚些、執著些，也天真些，卻是他的生活伴侶。托馬斯一生睡過無數女人，婚後風流不改，卻唯有特麗莎，睡過之後，他把她留下，和她結婚，生兒育女，跟她終老。

小說的世界終究浪漫些。當你不再年少，現實裡的靈魂伴侶指的也許是你苦戀而無法生活在一起的那個人，甚至是不倫之戀。但凡得不到的，都是靈魂伴侶。這時的靈魂伴侶竟然也離不開肉欲。

真正的靈魂伴侶是什麼？他也許是對你影響最深的一個人，是那個改變你、把你變好的人，他瞭解你最齷齪的過去和最幽暗的內心，你也瞭解他的。可是，他不見得能夠留在你的生活裡。

當你選了一個生活伴侶，你有時也許會想：「要是當時選的是靈魂伴侶，現在的人生也許會幸福一些。」當你選了一個靈魂伴侶，你卻也許會想：「要是當時選的是生活伴侶，現在的人生也許會幸福一些。」人總是過著一種日子，卻又幻想另一種日子。

到頭來，是找個人搭夥過日子還是找個愛的人終老？都可以吧。就看你怎麼演繹靈魂和生活。

有的人認為只有和愛的人一起的日子才算是過日子；有的人無論和誰一起都要過自己喜歡的日子。你的日子怎麼過，你的靈魂就怎麼過。最後能夠走在一起的，不都是生活的伴侶嗎？

靈魂伴侶就好像是一個掉落地球的外星人於茫茫人海中遇到另一個同樣是掉落地

球的外星人，他們是同類，他們瞭解彼此，不言不語也能夠明白彼此，可這一生，他們終究還是各自跟一個地球人一起過生活。

請至少
愛一個
像男人
的男人
愛一個善良的男人
愛一個有承擔的男人
或者至少
愛一個像男人的男人吧

就是喜歡欺負你

「你為什麼欺負我？」
「就是喜歡欺負你。」
「你為什麼不去欺負別人？」
「不喜歡欺負別人，就是喜歡欺負你。」
這幾句話多像學校裡那個壞壞的小男生跟一個瘦小漂亮的女生之間的對話？那會兒，女孩可憐巴巴地哭了，而他在笑。多年以後，兩個人都長大了，同樣的對話，拿走「欺負」兩個字，卻原來是多麼深情的告白！
「你為什麼喜歡我？」
「就是喜歡你。」
「你為什麼不去愛別人？」
「就是不喜歡愛別人。」
「你滾！」
「就是不滾。」
「你為什麼不滾？」
「就是不喜歡滾。」

「那你跑。」說完，她自個兒扠著腰咯咯大笑，他也笑了。

我們心裡是否都有一個很好欺負的人？愛一個人，是不是就想欺負他？愛在心裡口難開，於是只好狠狠欺負你。

一個人很好欺負，你不見得就想欺負他，你只想欺負你喜歡的那個人。小時候，喜歡一個人就會去找他玩，專門欺負他。後來戀愛了，喜歡一個人，也專門找他玩，欺負他，或者被他欺負。

是誰喜歡找你欺負，你又愛欺負誰？

「你喜歡我什麼？」

「沒喜歡你什麼。」

「那你為什麼不走？」

「怕你找不到我，你這個人特別笨，常常找不到路。」

「你才笨，你又不是一條路。」她說著說著禁不住笑了。

他多可惡啊！這可惡卻是甜蜜的，就像含80%可可的黑巧克力，吃下去好像是苦的，這苦卻有回甘。是有這麼一個人，他在，就有個人陪你吃好吃的黑巧克力，把最大的一塊留給你；他在，一切都好；他在，就有個人陪你玩，如此這般跟你調情調到天荒地老。他誰都不欺負，就是喜歡欺負你；你也一樣，你誰都不欺負，就是喜歡欺負他。要是沒有了這個人，人生漫長的日子將是多麼寂寥？去吧！去找個人欺負。

愛情始於第一眼

那年秋天，她一個人在英國讀書，舊同學約她和另一個朋友週末下午去聽歌劇。她本來不想去，可那時剛考完試，反正閒著無事，於是答應了。她依時赴約，舊同學卻臨時失約，舊同學的一個朋友倒是來了，在歌劇院外面傻傻地等著。他和她一樣，是個離鄉別井在異鄉漂泊的窮學生，人很有趣，也很有才華，她早就聽說過他的名字。

兩個被放鴿子的人一見如故，在歌劇院外面一聊就聊了兩個小時，連歌劇都不看了。聊著聊著，誰也捨不得結束，她看他好像看出了未來，他看她也好像看出了漫天星河，她索性馬上跑回家打包東西搬到他家裡過夜。

第二天，兩個人匆匆買了顆戒指就跑去登記結婚。

這麼羅曼蒂克的故事畢竟更像電影和小說，不像現實。

有沒有一見鍾情？當然是有的，只是太稀有，更多的是一見中意吧？

第一眼看到這個人就覺得中意，覺得面熟，好像在什麼地方見過了，一見如故，也如舊。他就是你一直嚮往的人，是你喜歡的類型。

明明是剛相識，你和他偏偏有說不完的話題，他不是長得特別好看，可是，你看著還是喜歡。他不像其他人，言語無趣，他說的話，你都愛聽，說著說著，天色已晚，星星都出來露臉了；又或者，天都亮了，月光早已經回家睡覺，兩個人卻還是捨不得說再見。

是有那麼一個類型的人，你每次看到時總是喜歡的，卻不是每一次對方也剛好喜歡你。

而他，恰恰是這個類型，這一次，他也喜歡你。

一見中意，以後還是要再見的。

見多了，愛上了，就是鍾情。

那個頭一天晚上就收拾東西搬去男人家裡的女人，也許是人在異鄉太寂寞了，可結局終究還是幸福的。我的另一個朋友，同樣是相識第一天就回家打包東西住進那個男人家裡，只是，她沒那麼幸運，一年半之後，她拎著行李哭著離開。他愛上了別人。

她一直後悔那時太快就決定搬到他家裡，他是不珍惜的。

要是他愛你，你頭一天就情不自禁搬到他家裡還是等到六個月後，又會有什麼分別？一見鍾情，總難免要冒險。你以為他就是你一直嚮往的人，你卻也許錯了，他只是看起來好像是你一直嚮往的人，骨子裡卻不是。

比起一見鍾情，我們似乎更相信一見如故。一眼看到你，說不出地喜歡，然後悄悄藏在心裡，等著你首先說你喜歡我。

這樣的等待，有時等到了，有時卻落空了，只好獨自回去，忘記他，或者偷偷愛著他。

這一生，是否一定會遇到那個一見如故的人？遇到了，愛上了，是否能夠永遠像初見那樣甜蜜，日久也不生厭？多少一見中意和再見鍾情後來卻成了仇人見面或者形同陌路？可他也曾是你一見如故的那個人。

愛情始於第一眼，看到他的那一刻，禁不住眼睛一亮，嘴角含笑，後來的後來，卻也許會為他掉眼淚。

人生怎麼可能永遠如初？

初見時的喜歡是否可以陪著我們走過這一生的漫漫長路？是否禁得起所有的考驗和變幻？

兩個人一起的這些年，你曾有一百次想要踹他一腳，也曾有一百零一次想跟他分開算了，你再也不要愛這個人了，但你終歸還是愛，還是捨不得離開。

初見時的那一眼和那一彎微笑，終究是對的。

聰明女人都懂得，如何延長愛情的賞味期限

據說，一群人類學家拿兩隻猴子做過以下一個實驗：

他們把素未謀面的一隻成年雄猴和一隻成年雌猴關在一個偌大的籠子裡，一開始，雄猴愛死雌猴了，天天拉著雌猴魚水之歡，兩隻恩愛的猴兒從早到晚黏在一塊，誰也離不開誰。

可是，日子一長，雄猴對雌猴漸漸熱情不再，情願自個兒玩，自個兒睡懶覺，自個兒看著籠子外面有趣的人類。被冷落的雌猴挺寂寞的，看樣子離抑鬱不遠了。

這時，工作人員把雌猴從籠子裡拿出來，幫牠洗了個香噴噴的澡，把牠身上的猴毛吹乾、梳順，給牠穿上粉紅色胸罩和一條同色的小短裙，又在牠頭上綁了只大大的可愛的蝴蝶結，然後把牠放回籠子裡去。

雄猴看到煥然一新的雌猴，眼睛一亮，又像以前那樣，成天黏著雌猴跑，時時刻刻拉著雌猴親熱，就連飼養員扔進籠裡的香蕉，雄猴也非常大方地先讓給雌猴吃。

然而，日子久了，雄猴又一次對雌猴失去了熱情，兩隻猴兒甚至打起架來。

這時，工作人員再一次把雌猴拿出來，從頭到腳打扮一番，然後放回籠子裡去。雄猴看到變美了的雌猴，又重新燃起了激情。

於是，每當雄猴的熱情冷卻，工作人員就把雌猴拿出來好好裝扮一下，改頭換面，然後再放回去。

猴生若只如初見，說的也是人生若只如初見。那時你什麼都好，即使長得像猴子，在對方眼裡，你依然是個美人。

人生若只如初見，即使你只是為他做一件很小的事情，他也會感動；他看你的眼神，總帶著微笑……那時候，他又怎會跟你吵？你又怎會吼他呢？

人生若只如初見，他柔情似水，你也笑靨如花，兩個都是好人。可惜，人生並不是只如初見。

我們太瞭解愛情短命的本質了，總想知道怎樣去保鮮，怎樣可以宛若初見時。可是，誰又能為愛情保鮮呢？假如它終將腐壞，我們能做的終究有限。現實生活裡，你能天天變裝嗎？

每一樣食物也有最佳的食用期限，就連罐頭和腐乳也不例外，過了這個日子就不能吃，或者能吃，但味道沒那麼好了。曾經新鮮的，才擔心會腐壞。愛情明明不是拿來吃的，我們卻害怕它有一天會變味，變得沒那麼好吃，甚至不能吃了。

我們渴望能夠把愛情一直吃到最後，歲月卻總是悄悄地啃掉我們牢牢握在手裡的那份愛情。

在人類學家的這個實驗裡，雄猴是花心的，是愛新鮮的，也是容易厭倦的，可是，在人類世界裡，男人和女人不都一樣嗎？光說男人花心和易變，也是不公平的。

當你跟一個男人待的日子久了，你或許就會怠惰，你再也不會花心思為他好好打扮，你心裡想：「他已經見過我最糟糕的樣子了。」

愛是接納對方最糟糕的樣子，然而，愛也是期待看到對方最美好的一面。時間多麼可愛也可恨？它把愛情變成親情，我們雖沒有血緣卻也像親人一樣，誰也離不開誰；可惜，時間也會把愛情變得淡薄，我們誰也可以沒有誰，不愛了，轉身離去，故人都成陌路，人生又是新的一頁。

如何可以留住你？留住愛情？

世上有沒有不變的愛？是沒有的吧？

曾經愛一個人愛到死去活來，終於可以在一起，卻敗給了歲月。

我們都在跟時間角力，拚命不讓它啃掉我們用保鮮膜小心裹住的愛情。每個人保鮮的方法也不一樣，都離不開外在美和內在美，大部分女人想的是怎樣變美，然而，雌猴不是一直變美嗎？相處的日子一長，在雄猴眼中還不是一樣？長得漂亮些難道就不會失戀嗎？過了一個歲數，你還能一直變美嗎？

何況，無論你有多好，無論你有多美，還是會失戀，還是會有人不愛你。

我們不都漸漸變舊和變老嗎？誰又可以歷久而彌新？如果愛情終將消逝，你只要活好每一刻就無憾了。

每天進步多一些吧，學會珍惜，學會包容，學會諒解和遷就。不要總是做自己，也要做一個可愛而精采的女人。

你愈可愛和精采，你也就愈鮮活。

你要變聰明些，再聰明些，做個有意思的女人。為自己保鮮，也就是為愛情保鮮。

假如你努力了，卻留不住這段愛情，它終究讓歲月一點一點地啃掉了，那麼，你至少也是鮮活的，可以遇到一個更好的，就像雌猴在變美的過程裡知道自己可以更好和更美。

既然看出了愛情短命的本質，那就別去理它，別再去想了，會走的留不住，努力去取悅對方，不如努力變好。那個愛你的人會驚嘆你是個多麼神奇的女人，驚嘆你一直都在進步。然後，你微笑看向他，告訴他，是你和他的愛情使你知道你要變好。

無論是為了自己，為了他，抑或為了心中的愛情，永遠都要進步。唯其如此，你才會永遠鮮活。你不會永遠如初，但你可以比初見時優秀。

人生若只如初見，星光爛漫，又怎會黯淡呢？天漸漸黑了，總是後來的事。然而，天黑之後，會迎來晨光。誰說愛情沒有低谷和失望？愛情哪兒會不掉眼淚呢？當我努力變好，我知道你也會努力。我是那麼渴望和你一起跨越時間的茫茫大海，有一天，時光會老掉我和你的眼睛，卻老不掉我們眼裡深深的情意。

男人和女人真的可以只是朋友嗎？

都說人生有四個階段：我信聖誕老人，我不信聖誕老人，我是聖誕老人，我變成聖誕老人。現在的你是哪個階段？

聖誕節本來是紀念耶穌降生為人，為世人贖罪，讓我們死後可以進天堂。整部《舊約全書》記載的，就是耶穌的事蹟。可不知道什麼時候開始，聖誕節的主角從耶穌變成了聖誕老人，後來的後來，主角又從聖誕老人變成了戀人，於是，誰都不希望在這一天失戀或者形單影隻。

等過了聖誕節再分手吧！或者，盡量在聖誕節之前脫單吧！

這世上真的有聖誕老人嗎？當然是有的，芬蘭就有一個聖誕老人村，那兒還有雪橇和聖誕老人辦公室，每逢聖誕節，商場裡也有很多聖誕老人跟客人拍照，只是，這些聖誕老人都是由人扮的，才不是我們小時以為的那個像童話故事裡的人物，會在半夜從煙囪爬進你家裡，偷偷把聖誕禮物塞到你掛在床尾的那隻襪子裡。

真實世界裡，誰會是送你禮物的聖誕老人？是愛你的那個人或者你自己。

歐·亨利一百多年前寫的短篇小說《麥琪的禮物》傳誦至今，感動了世世代代無數的人，我們永遠忘不了那個金錶和長髮的故事，而我最喜歡的兩部跟聖誕節有關的電影是一九八九年上映的《當哈利遇上莎莉》（When Harry met Sally）和二〇〇三年的《愛是您．愛是我》（Love Actually）。

《當哈利遇上莎莉》探討的是一個永恆的主題：男人和女人真的可以只是朋友嗎？哈利覺得不可以，男人和女人不可能成為朋友，因為性愛總是他們中間的攔路虎。莎莉堅決不同意，她認為男人和女人可以只是朋友而沒有性愛。十二年間，哈利和莎莉從當初有點討厭對方到成為互相陪伴和傾訴的好朋友，中間又曾因為瑣事吵架，賭氣不再見面。

和哈利吵架後的那年聖誕，紐約下著大雪，沒有了哈利的陪伴和幫忙，莎莉只能一個人跑去買聖誕樹，然後又一個人吃力地拖著重甸甸的聖誕樹踩著厚厚的積雪回家。那是個寂寞的聖誕。

後來他倆和好了，單身的兩個人都視對方為難得的知己，可是，這麼要好的一男一女最後還是逃不掉不小心上了床的宿命。這下可尷尬了，還要不要做朋友？

男人和女人真的可以只是朋友嗎？這個問題你也許問過自己無數次，卻永遠沒有答案。

是可以也是不可以吧？得看你是什麼人，而對方又是誰。

做朋友是做什麼朋友？是普通朋友、比一般好的朋友，還是很好的朋友？朋友當然可以，比一般好的朋友也可以。至於好朋友，無論過去和現在，我都認為是不可以的，除非他喜歡的不是女人，或者你喜歡的不是男人。

什麼是好朋友？對我來說，是你跟這個人無所不談，甚至可以睡在一塊兒，一直聊天聊到天亮，他說的笑話你會笑，你懂他的幽默，他也懂你的神經質。一個對你沒有感覺的男人才不會陪你在床上聊天聊到天亮，而那個和你睡在一塊兒聊天聊到天矇矇亮的男人又怎麼可能對你沒有性幻想？要是沒有，那你得檢討一下自己。

好吧，是我沒遇到。人有時只能相信自己的經驗。

《愛是您．愛是我》由幾個小故事交織而成，有暗戀、單戀、偷戀、相愛而不敢表白……每個故事都在聖誕節那天進入高潮，每個故事都溫馨感人，即使是單身，看著也覺得幸福，愛情就是這麼甜，尤其在聖誕。

從前那些聖誕節是怎麼過的，我早已經想不起來了，只記得我曾在聖誕節前一天分手，也曾在聖誕節幾天之後遇見我愛的那個人。有一種寂寞和感傷，是聖誕節；也有一種幸福和撫慰，是聖誕節。這一年的聖誕，是寂寞和感傷選中了你，還是幸福和撫慰選中了你？

我信聖誕老人，我不信聖誕老人，我是聖誕老人，我變成聖誕老人……當你有些年紀了，這四句話看起來多麼像是聖誕版的《虞美人》！

「少年聽雨歌樓上，紅燭昏羅帳。壯年聽雨客舟中，江闊雲低，斷雁叫西風。而今聽雨僧廬下，鬢已星星也……」你是歌樓上那個相信聖誕老人的少年，抑或已經是僧廬下的聖誕老人？

少年子弟江湖老，悲歡離合不斷上演，我們都曾如此相信愛情和幸福，如此相信我們誰也不離開彼此，我們會互相依靠和陪伴，直到雪落盡了，直到生命中最後的一個聖誕節。

真的會如願嗎？誰又知道呢？只能珍惜相依相聚的時光。唯願以後的每一個聖誕，你都在。聖誕快樂，親愛的。

你會接受和一個不愛你的好人在一起嗎？

他對你好，因為他是個好人，而不是因為他愛你，這樣的愛情，你接受嗎？有人接受，有人不接受，那得要看你有多愛他，是否愛到只要能夠和他一起就好，又是否愛到不計較。

一個女人等了一個男人二十二年，終於得到一場婚禮。她身邊那個單身的好朋友滿懷希望地跟我說：「原來是可以等到的哦，看來有天我也會等到。」他不愛她，可是，她是個好女孩，一直無怨無悔地等他，不要求什麼，也不索取什麼。

二十二年過去，他老了，沒得到他所追求的那種愛情，這個女孩也老了，不可能找到一個條件比他好的男人，他覺得虧欠了她，他對愛情也再沒有什麼憧憬了，那不如結婚吧，就像一個孤單絕望的士兵咬咬牙舉手投降，早投降早回家算了。他是個好人，給了她一場夢寐以求的婚禮，遷就她，寵著她，錢隨便她花，她想要什麼都給她，完全沒有讓她有一丁點委屈的感覺，朋友們都羡慕她嫁給了愛情。

她心裡知道他不愛她，他曾經有很愛的人，但她才不管呢，只要他終於屬於她就可以了。她是微笑到最後的那個人，她是堅持就幸福的那個人，她是他太太，她有漫長的餘生讓他愛上她。男人要愛上一個女人，從來都比女人要愛上一個男人容易些。

這兩個人是否從此以後幸福地生活？我想是吧，反正都不年輕了，餘生也不會太長，不像年輕的婚姻，需要太多的磨合，也有太多的自我和誘惑。

愛一個好人，而他不愛你，到底是對還是錯？假如可以相愛，誰又願意單思和暗戀？不過是無可奈何，自討苦吃而已。單思和暗戀，多像一次又一次的撲空？早已經傷痕累累，還是情不自禁微笑著奮力撲過去，希望這一次終於不會撲空。想要不撲空，那麼，愛上一個好人總比愛上一個壞人聰明些，一個壞人不會憐惜你的痴心，好人卻會。

可是，誰可以控制自己愛上什麼人呢？有些痴心，從來沒有理由；也許唯一的理由就是你分明想自毀。

要愛一個好人還是愛一個愛你的人？當然是愛一個愛你的好人，退一步，就愛一個好人，和他過日子吧。有的人，一生也遇不到所謂最愛的那個人，也遇不到一段刻骨銘心的愛情，那又有什麼關係呢？並不是每個人的生命都得像煙花般燦爛。

幸福有時很簡單，你愛的人也愛你；幸福有時卻很複雜，你愛的人沒有你期望的那麼愛你，可你還是死死地愛著他。想方設法不愛他，可就是沒辦法。什麼時候他才會像你愛他那樣愛你？如果不會，那就算了，在一起就好。假使相愛是100％的幸福，單戀只有50％的幸福，那麼，在一起至少是75％的幸福吧？嫁給他，直到餘生的盡頭，說不定還能夠1％又1％地加上去，終於拿到100％的幸福，或者90％，餘下的10％，留給遺憾吧。

要是我胖了三十斤，你還愛我嗎？

「要是我胖了三十斤，你還愛我嗎？」女人這麼問的時候，你得小心回答。款款深情地說：「寶貝，我就愛你原本的樣子。」滿以為她會感動，這答案卻會讓你死得很慘。什麼是原本的樣子？她問的不是她的靈魂，也不是她的個性，而是她此時此刻橫陳在你面前的肉體。

笑笑說：「那得要看胖在哪裡，是不是胖在該胖的地方。」

這個答案比第一個答案好些，卻不算很好，她聽完，瞅你一眼，噘噘嘴說：「色鬼！你就不能好好回答我的問題嗎？」三十斤啊，豈會那麼善解人意都去了該去的地方？脂肪才不是熱戀時那個對你百依百順的男朋友，你想他去哪兒他都聽你的。

面對這個問題，最機智的回答是：「那還用說？我掉頭就跑！」你會發現，這個答案居然讓她笑起來。女人是這世上多麼奇異的、教人摸不著頭腦的一個物種！難怪聰明如霍金也說他從來不瞭解女人。

倫敦帝國理工學院剛剛在英國知名醫學期刊《柳葉刀》發表了最新一份研究報告。研究人員在四十年間比較了一千九百二十萬成年男女的體質指數（BMI）變化，中國肥胖人口逼近九千萬，已經超越美國，名列第一，成為全球肥胖人口最多的國家。天哪！美國人可是吃牛排、漢堡包和喝汽水長大的呀。

這接近九千萬個胖子裡，胖女又比胖男多，男人占四千三百二十萬，女人占四千六百四十萬。

女胖子是不是將要比女漢子的陣容更龐大？這樣下去，女人將會變成什麼模樣啊？我們是吃太多和太好，還是好吃懶做？你有多久沒做運動了？你總有藉口說太累太忙不想動。這世上哪兒有不勞而獲？你是真的連走路都沒時間還是你吃的意志更堅韌？

誰不愛美食？那你得付出。我每天做運動時想著的是等下可以吃什麼，這是我的動力。我努力了，就可以毫無罪疚地吃我喜歡吃的東西、喝我喜歡喝的酒，並且偶爾在飯後來兩塊厚厚的堅果黑巧克力和一大杯宇治抹茶冰淇淋。

別忘了只有男人腰上的兩團肉才可以稱為愛的扶手，那是給女人搭車時抓住當扶手用的，女人腰上那個只能叫肥肉。男人若有一個小肚子，那代表的是溫暖可靠老實，冬天可以讓你把凍僵了的兩隻腳丫貼上去呼呼地取暖，女人那圓鼓鼓的肚子是下半身消化迴圈不好。

男人愛不愛你，不在於你胖了幾斤或者瘦了幾斤，而在於多年以後兩個人是不是還有說不完的話題，又是不是依然渴望對方。愛的消逝，幾乎都跟體重無關。愛你就愛你原本的樣子，也愛你現在和將來的樣子，誰不會老？又有誰的青春不會溜走？不愛了，往往不是你變了，而是我變了。

都說理想很豐滿，現實很骨感，可有沒有想過，愛情必然是肉感的？是兩個人終於血肉相連的感覺。深深愛著一個人，嘴裡說：「要是你胖了三十斤，我掉頭就跑！」心裡卻知道她是你心頭的那塊肉，雖然沒有血緣，卻是彼此的血肉和骨頭，也是這生這世自己唯一可以選擇的親人。既然是親人，我們是要一起到老的。

愛一個人，你只要他快樂，問題不是那三十斤，而是這三十斤把你熬成什麼樣子，它是否拿走了你的健康？有些事情，明明在自己手裡，是可以努力的，只是我們常常戰勝不了自己，也從來沒有自己以為的那麼愛自己。只有當你好好活著，才能夠和所愛的人一起老去。日子漫長，青春不再，身邊終究還是你，連時間都打敗不了我們，那就不要讓脂肪把我們打敗。

我們的愛情，為什麼盛極而衰？

我們常常只會想錢夠不夠用、時間夠不夠用、假期夠不夠用、精力夠不夠用、知識夠不夠用、聰明才智又夠不夠用，卻很少會想到愛情夠不夠用。

愛情夠用的時候是什麼樣子的？要是你戀愛過，你怎麼可能不知道呢？

愛情夠用的時候，你自個兒就擁有一片天空，不是你走在那片蔚藍的天空底下，而是你無論走到哪裡，那片天空都跟著你轉。你自帶光采，容光煥發，醒著的時候笑；睡著時，嘴角也會禁不住微笑。當他在身邊，你會微笑；他不在身邊，你獨個兒走在路上也會抿著嘴想著他，然後甜甜地笑。

無論今天的天氣有多壞，霧霾有多可怕，你頭頂始終有一片晴空和一朵活潑的雲彩；無論路上有多麼擁擠，無論這一刻汽車的響號聲多麼刺耳，你看不到，也聽不見，所有庸俗和煩擾都被你甩在身後，你的世界可愛到盡頭。

因為有喜歡的人追求，因為剛剛墜入愛河，你的愛情是如此飽滿，像個幸福的富翁，也像個仁愛的皇帝，這時候，要是有個人不小心踩到你的腳，把你踩痛了，你也會揚揚手對他說：「哦，沒關係，你腳沒事吧？」然後帶著微笑拐著腳繼續走路。

這時候，誰得罪了你，誰做了讓你看不起的事，你幾乎都不怎麼生氣，只會在心裡說：「朕不跟你計較，朕免你死罪。」

愛情不夠用的時候是什麼樣子，你也是知道的。

愛情不夠用，就像車子的汽油差不多要耗盡，隨時會拋錨。愛情不夠用，就像你在球場裡打球，眼看那個球朝你迎面飛過來，你知道要伸出手接住，你伸出了手，可就是接不住，只好眼巴巴看著那個球掉在你身邊。愛情不夠用，就像你一直在跑，眼看終點在前面，可就是再也沒有氣力衝過去。愛情不夠用，就像你明明知道是時候起床了，你很想爬起來，可就是起不了。

愛情不夠用，就像你在山上缺水也缺氧，除了大口吸氣和嚥口水，你都不知道怎麼辦。

愛情很夠用的那個你，有多遠又有多近？是現在的你嗎？還是你已經想不起來了？

愛情的多巴胺不過就是兩三年，甚至兩三個月的事，然後就歸於平靜。直到一場美好的性愛、一次求婚，或者結婚的那一刻，你才又光采照人。

曾幾何時，在那段苦澀的、眼看即將走到盡頭的愛情裡，我們都是手頭拮据的窮人，放手不是，不放手也不是。

到底要有多少愛情，才足夠過著幸福快樂的日子？又要有多少愛情，才足夠共度餘生？人生若只如初見，又怎會有開到荼蘼的一天？

你身邊也許有這樣的一對朋友，他倆一起許多年了，可兩口子從來不愛過兩口

子的生活，總喜歡跟朋友過。平日、節日、兩個人的生日、紀念日，都拉著朋友一起過。他們到底是有多愛朋友和愛熱鬧？抑或只剩下兩個人的時候都寂寞和無聊，也無話可說？他們的愛情，要是還有的話，是太需要朋友，太需要外界的支援了。

反過來，有一種人，多半是女人，無論受傷多少次，無論到什麼年紀了，每一次都奮力撲向愛情。滄海桑田，什麼都會變，唯獨她們對愛情從不死心，她們比我和你都相信愛情，她們見識過愛情夠用的樣子，就再也不願意在平淡裡枯萎。她們太迷戀那個自帶光采的自己。

我們卻是直到愛不動了，才發現可以用的愛情所餘無幾。

讓人感到悲傷的是，暗戀的愛情有時候彷彿比相戀的愛情擁有更多的用量。暗戀的愛情，自己滿足自己，自己照亮自己，不需要和另一個人一起去完成，等於一瓶氧氣不需要跟另一個人分著用，就你一個人用，於是幾乎可以一直用到你再也不想用的那一天。

一瓶氧氣兩個人分著用，那就得省著用。問題是，應該開源還是節流？怎樣才會一直夠用？怎樣可以鮮活如初？人是否有永遠掏不盡的愛？

日復一日，我們缺少了一顆感恩的心，要直到失去才懂得珍惜。不如意的時候、沮喪失望的時候，我們甚至會想，甩開你我也許就自由了，沒有你我也可以，行將失去的時候才又害怕到不肯放手。

我們的愛情，為什麼盛極而衰？什麼時候入不敷出、債臺高築？我們都變成了窮人，卻不知道誰是誰的債主。你愛我為什麼沒愛到讓我隨意揮霍？我為什麼沒愛你愛到讓你自帶一片美麗的雲彩？

別等車子沒汽油了才到處去找加油站，這時候，車子已經開不動了。

我們的愛情有時夠用，有時不夠用，心裡覺得慌，唯有省著用，可是，這樣的愛情有多寒磣？愛情本來就應該是拿來揮霍的，只有不斷揮霍才能夠不斷擁有。可那個境界太高了，誰憐憫我和你只是凡夫俗子？

愛情終究是多巴胺的迷惑，到頭來，只有愛才可以支撐愛情。可是，兩個人只剩下友情又是否可以共度餘生？友情、感情和親情是否比愛情更不容易憔悴？

可以任你大手揮霍的愛情終究像紅顏易老。

我愛你，但是，已經沒有愛情了。

請至少愛一個像男人的男人

有些悲劇，隔了若干年，當你長大些，或者當你老了些，回頭再看，竟有點像荒誕劇，甚至鬧劇，可是，當時的你，卻以為自己再也不會活得更好。

她愛了很多年的那個男人，有天突然跟她說：「我不愛你了。」那一天，她的世界崩塌了，她哭著求他不要走，她甚至毫無尊嚴地拉著他一條腿苦苦哀求他留下，當他不肯，她瘋了似的狠狠甩了他一巴掌，那一巴掌打得他很痛，他摸著臉，呆住了，她也被自己嚇壞了。

他離開以後，世界並沒有塌下來，她一個人過得好好的，他倒是過得不怎麼好。當他想吃回頭草，她冷冷地拒絕他，她已經有愛的人，而且比他好太多。偶然想起他，她連他的生日都想不起來，她想到的，是他被她甩耳光的那個吃驚的表情，那個表情滑稽極了，當時她哭得死去活來，而今她自個兒偷偷笑了許多回。她總是想：「我太傻了，他都不愛我了，為什麼要甩他一巴掌呢？應該甩他兩巴掌才對！」

當時以為過不去的坎，原來是通向幸福的一道門檻。有時候，你若執著那個不愛你的人，你就輸了；你放不下他，也就過不了後來的好日子。誰要你受委屈呢？只有你自己。他不愛你，歸根究柢，要怪誰呢？都怪你自己沒眼光。

你可以不跟任何人過，可你不必跟自己過不去。

一生中，我們總是一次又一次問自己，到底要跟一個怎樣的人過？到底要愛一個怎樣的男人？

為什麼會愛上一個人呢？不是都有一種模式嗎？我們似乎總是愛上同一類人，千萬人之中，只有這一類人讓我們眼眸含笑、心神一亮，那一刻，我們的眼睛再也看不到別的人了。可是，即使看來是我們鍾情的那一類人，也有好和不好。有時候，你偏偏不幸挑了當中最壞的那一個。

愛對一個人，說難不難，卻也不易。到底要愛什麼人啊？愛一個你愛也愛你的男人，愛一個對你好的，愛一個聰明有智慧、不斷進步的男人，愛一個善良的男人，愛一個有承擔的男人，或者至少，愛一個像男人的男人吧。

有些女人，明明是嫁給一個男人，可那個窩囊廢除了身分證上的性別是男，身上幾乎沒有一處像個男人。他對她不見得有多好，他比不上她聰明，他一直沒有進步而只有退步，他沒做壞事，但也不是特別善良，他沒承擔，遇到什麼事都躲在老婆後面。嫁給這種男人，是否太委屈自己？即使不想一個人過，也可以過得好些吧？

有些男人，看起來好像很不錯，平日對老婆也很好，可他內心是個拒絕長大的男孩，總喜歡諉過於人。愛上他，你可能會幸福，但是，不要期望當你需要時他會是個可以依靠的男人。

有的男人好像什麼都好，但他自私，他最愛的只有他自己，其次才是你。你不是不知道他是這樣的一個人，可是，每次失望哭泣之後，你還是離不開他，他優點太多，他也不是不愛你，只是比較自私。你苦哈哈地跟自己說：「嗯嗯，誰要我愛上一個自私的人啊？」

有的男人什麼都聽你的，可他吝嗇，錢都不願意讓你花，即使你花自己的錢，他也看不過眼，總抱怨你愛花錢，說你大手大腳，說你買的包包、衣服、鞋子太貴；你買給他的好東西，他倒不嫌貴。每次你買了喜歡的東西，只好把價錢說得便宜一點，再便宜一點。

什麼是聰明和智慧？就是懂得選擇。你可以要多感性就多感性，但是，所有的感性最後還是得用理性去總結和成就。愛上一個不像男人的男人，並不會把你變成女漢子，只是從今以後許多事情你得自個兒扛著，有時你也許會對他失望，會覺得沒那麼幸福，覺得有點兒委屈，尤其是當你脆弱的時候。

愛上一個人，或者嫁給他，不都是為了幸福嗎？誰會為了委屈和失望去戀愛和嫁人？委屈和失望，總是後來的事。

最愛的人和好吃的東西

女孩在新加坡念書的那幾年，她在上海的爸爸常常燉好她最愛吃的醃篤鮮，放在一個小鍋裡，裹得嚴嚴實實，交給一位空姐朋友從上海順便帶去新加坡給她，幾個小時之後，飛機降落樟宜機場，這個饞嘴的女孩從空姐朋友手上接過那一小鍋爸爸的醃篤鮮，只要回家放到爐火上熱一下，就能吃到家鄉的味道了。那也是爸爸的味道。

女孩早已經離開新加坡回家，也嫁人了，這麼多年來，她和爸爸的故事依然感動著我。為了讓所愛的人吃到好吃和想念的食物，你都做過什麼？為了帶美味的東西給心愛的人，你又能走多遠？

你是我愛的人，多希望能夠跟你分享這世上所有的美食！好吃的，總想給你留一份，而且是最好和最大的一份。可有時候，你卻不在身邊。夏天沒法給你送去冰淇淋，冬天又怕飯菜涼了，於是緊緊抱在懷裡，用雙手、肚子和圍巾拚命把菜暖著，換了幾次車，走了幾十公里的路，唯一擔心的是菜涼了，變得沒原本那麼好吃。送到你面前的那一刻，看到你驚喜和感動的目光，看著你吃得有滋有味，全都吃光，我竟覺得比你更幸福。

人間煙火，飲食男女，不過就是這些微小而細碎的時光，無論我和你後來有沒有一起，一天，當我老些了，回頭再看，那一刻，我是明白了愛情，我也終究品味過愛情。

「曾經他為了買我喜歡吃的炸雞，大夏天三十多度，自己沒吃飯，在那兒排隊一個多小時，給我送過來，又去辦別的事，忙得自己一天沒吃上飯，如果吵架時候能多想想這些好，是不是我們就不會分手？」

「我想吃鴨脖，結果前男友從石家莊坐高鐵到武漢買一堆然後又當天坐高鐵回來。」

「曾經為了讓最愛的人吃到好吃的飯菜，我會把學校兩層食堂的每個櫥窗都看一遍，如果給我盛的不好會倒掉重買，或者點一份小炒，在那些並不寬裕的日子裡……」

「為了給他買一瓶茉莉蜜茶在超市排了一個小時的隊，後來他就被我感動了，我們後來在一起五年，今年他和我們的初中同學結婚了，還有了女兒。可我覺得青春就是這樣義無反顧，一往情深。」

為了你，曾經萬水千山在所不辭。

「從合肥到武漢，只為了她說一句想吃不二家。」

「只因為他喜歡我城市的瓜子，假期坐五個小時的客車去給他送。」

「開四十分鐘車，只為送碗麵。」

「他過生日，我們是異地，沒有火車沒有飛機，大巴十二個小時，我帶了生日蛋糕……一直放腿上，下車的時候腿已經沒什麼知覺了。」

「往返六公里的路程，用走的完成，回來之後換來的是一個欣喜的表情，很滿足。」

「我們異地六年了，他說他想吃擀麵皮我就買了去喀什的機票飛行五個多小時，還要在烏魯木齊轉機。」

「為了給他買早餐，可以獨自在寒冷的天氣裡走很多條街，一隻手拿早餐，一隻手還要騎車，只為了他說句好吃，吃得真飽啊。」

「高中兩年，爸爸每週兩到三次送花膠湯來，因為那段時間胃不好，我家在廣州，學校在順德。雖然不是超級遠，但愛滿滿的。」

「不算太遠，記得有次夜裡兩點多他說想吃乾鍋牛蛙，馬上出門買乾鍋牛蛙去，現在想想滿佩服自己真是個女漢子。」

「那一次他感冒了，我一大早就煲好香菇瘦肉粥，然後還是踩著他吃飯的那個時間送到，從我家出發到他上班的地方大約兩個小時，那天還下雨，而我還是很開心，因為為自己喜歡的人送吃的是一件很幸福的事。」

「在雪梨大半夜，我求室友開車載我去Eastwood，去燒烤店買了一堆燒烤，為了買一杯奶茶，跑了好幾家店（那個時間大多數店都關門了）送去某人家。某人當時驚呆了，我咧！瀟灑地甩甩頭髮跟室友回家了。」

只要知道你喜歡，萬水千山、萬轉千迴也不遠。兩相情願的時候，你的幸福也是我的幸福。可惜，並不是每一次的萬水千山都是帶著愛回去的，有時候，帶回去的，是孤單與荒涼。

「曾經執著地愛一個人，為了給骨折的她買肯德基早餐，在零下三十度的齊齊哈爾每天早起，你永遠也想不到一個十分怕冷的人有多畏懼嚴寒，每天在樓下寒風中等待，將早餐放入懷裡，怕涼，送完了早餐，回到寢室，室友還在熟睡，而我的手已經凍得通紅，腳心全涼，最後女孩好了，對我說，我們不合適。」

「因為她說一句天熱想喝冰蓮子糖水，我連忙做好，用小鍋細心包裹，隔了半個城送過去。然而，不喜歡我的時候，也只是一句抱歉而已。」

「從東區開車去市中心買糖水送到西區，明明不順路卻說順路兜風，他也沒拒絕地收下去。可最後他還是感覺不到我的心意或者說他沒意思和我發展下一步關係。」

「有一天他說他想吃臭豆腐，那天下了班就趕去市裡給他買最正宗的臭豆腐，下著雨再趕回家去，他說他吃好晚飯了吃不下。」

「曾經因為他說不想出去吃，我坐了快一個小時的車去給他打包飯吃，還不是他自己下來拿的，我連他的面都沒見。」

我不害怕老去，因為你見過我青春年少的容顏

有沒有一個舊朋友，許多年沒見了，你偶爾還是會想起她，想知道她現在過得好不好，想知道她都在做些什麼。她一直在你心裡，是青春的記憶，你卻明知道你和她不會再見，即使再見，再也不會像從前那麼好了。

當時年少啊。

她是我的學姐，比我大一年，那時候，我們總是形影不離，我們分享所有的秘密，我們懂得彼此的苦澀與孤獨。她沒考上大學的那天，是我陪著她在夜晚的海邊坐到天亮。當她住進醫院，是那個從來就沒煮過湯的我煮了一碗牛肉湯帶給她喝，後來她常常說那個湯可難喝了。

她長得很漂亮，追她的男孩子很多，她幾乎是我愛情的啟蒙老師。那麼多人想要愛她，可她偏偏愛著一個對她不好的男人，他是她的初戀。每次兩個人吵架，她都說會離開他，可她一次又一次哭著回去他身邊。

我已經想不起她後來是怎樣離開他的，她終於自由了。

這麼多年過去，我常常想，我和她真的可以做一輩子的朋友嗎？當時是以為會的。我們是一起洗澡，一起睡覺，一起哭，一起笑的知己好友，我們說好了誰先結婚另一個就當伴娘，我們說好了將來要住在兩幢相連的房子，孩子們一起玩。

這個白日夢多傻啊，她喜歡小孩，跟她兩個姐姐的孩子很親，身為老大的我，卻根本不想生孩子。

為什麼漸行漸遠？也許是我們後來喜歡過同一個男人吧？最後我們誰都沒跟這個男人一起，我們甚至坐在一起笑著說他的壞話，可是，心裡那根刺是拔不掉的。

那年夏天，我在一家餐廳再見到她，她大著肚子，穿著一條鬆垮垮的沒袖子的孕婦連衣裙，腳上踩著一雙平底的露腳趾涼鞋，長髮剪掉了，人也胖了些，不再是當年那個早熟的帶點滄桑的女孩子，而是終於安定下來，成為一個幸福的母親。那時我們已經有七八年沒見，她告訴我，第二個孩子快出生了，她希望這胎是個兒子。那天餐廳很吵，沒能多說幾句，我們交換了電話，說好了改天要約出來一起吃個飯。

回家以後，我始終沒打那個電話，時間一長，就更不會打了。她也沒找我。那是我最後一次見她。

曾經那麼要好的兩個人，再見時雖然並不陌生，卻也明明知道不會再見了，說改天要出來吃個飯，不是應酬，而是彼此美好真誠的願望與期待。那時還年輕，任由期待落空。我猜想她也像我一樣，無數次想過要打電話，卻也在等待對方的電話首先打來。我們的生活早已經沒有交集，我想活得比她好，而她一向認為所有男人都應該愛她，她是那麼美。

這麼多年了，應該誰也不會再生誰的氣了。畢竟，一起走過青春的朋友就只有這一個，在我生命裡，她是早於愛情的。

我們都老起來啦，假使今天再見，也許還是可以聊到天亮，一起洗一起睡，曾經青澀的身體不都一起老了嗎？我已不年輕，她也有些年紀了。我比十幾歲的時候瘦，她會不會也一樣？抑或胖了？

心裡那根刺，原來終究會被時間拔掉，只留下可惜與懷念。若能再見多好啊，我想像我們聊著笑著玩著，明明都老了，在彼此眼中，卻還是當年模樣。

青春做伴的朋友，即使多年不見，在彼此眼中，卻也許依然是當年那個人，沒變美，沒變醜，也沒變老，時隔多年，再見時，我們心裡會想：「這人怎麼一點都沒變？還是小時候的樣子，眼神和表情都跟以前一樣哦。」

在老朋友面前，所有自以為的改變都是徒勞的，我們重新又變成當年那個人。她在我眼裡沒老，我在她眼裡也就沒老，這天再見，分手時道了再見，以後還要再見。回家的路上，陪伴我的是青春年少的日子，是曾經與最好的朋友分享的苦澀、孤獨與不安。同學少年，是生命中多麼難得的一份詩意。

假若會再見到你，我不害怕老去，因為你見過我青春年少的容顏。

討自己歡心
永遠
不會太遲

要是無法討好全世界

那就首先討好自己吧

請做取悅自己的貴族

在以前住的那幢大廈，我常常碰到一對老夫婦，這兩個老人，你很難對他們沒有印象，這麼說吧，他倆像兩棵行走的聖誕樹，每次出現也穿得七彩繽紛，非常耀眼。

有一次，我跟朋友說起這對夫婦，才知道她原來也認識他倆，聽說老先生經營一點小生意，頗有積蓄，兩老早就退休，最大的嗜好是穿衣打扮。在他們身上，你從來不會看到黑、白、灰這些單調的顏色，有時是男的嫩綠，女的桃紅，有時是男的鮮黃，女的粉橙，姹紫嫣紅開遍，多恩愛，也多甜蜜！這一生，多麼難得有個人和你一樣熱中打扮，品味和你如此接近，你喜歡的衣服他也喜歡。

也許有人會笑話他們，都什麼年紀了？穿得像孔雀開屏。可他們傷到誰了？自己覺得好看，跟別人有什麼關係？我們又憑什麼認為這樣的相濡以沫比不上兩個同樣愛讀書、愛研究或者愛極地冒險的人？

他們是由衷地熱愛裝扮，甚至不介意讓身上的衣服成為主角，自己退居配角的位置。別人若懂得讚美，固然是好，不懂也沒關係，那是你不懂欣賞他的好。要是連做自己喜歡的事也想要得到別人的認同，那活得多累啊。

有人可能會說穿得像聖誕樹哪裡有品味？可是，美和品味豈止一個標準？有的人喜歡黑、白、灰，有的人就是喜歡五顏六色，不必去深究為什麼，要是每個人都喜歡黑、白、灰，這世界將會是什麼顏色？

愛穿和會穿是兩回事，就像愛吃和會吃、愛做菜和會做菜壓根兒是兩碼子的事，但你不會取笑愛吃和愛穿的人。我甚至覺得那些喜歡穿得七彩繽紛的人特別善良，他們都有一顆不老的童心。

剛剛離世的八十七歲紐約街拍鼻祖Bill Cunningham（比爾・康寧漢）幾十年來風雨無改，每天騎著一部自行車在紐約街頭捕捉穿得好看和有趣的路人，他是真正的街拍大師。有一位老太太Anna Piaggi（安娜・皮亞姬）一直是Bill Cunningham鏡頭下的寵兒，她穿得古靈精怪，標奇立異，臉上永遠擦著兩坨紅紅的胭脂，就好像每次都豪氣地把一輩子能用的腮紅全部用上了。Bill Cunningham卻特別欣賞她，說她是一個穿衣服的詩人。

誰說詩和田野只能在遠方？眼前和遠方不都是同一個地方嗎？就像此岸即彼岸，眼前沒有詩，遠方也不可能會有。

同樣是厚厚的粉底和兩坨紅紅的胭脂，小丑卸妝之後卻覺得感傷，因為他是娛樂別人。我曾經常常遇到的那對七彩的老夫婦和紐約街頭那位斑爛的老太太，你說他們像蝴蝶、像馬戲團團長、像空中特技人或者像魔術師和女助手也無所謂，他們活著是為了討好自己和燦爛自己，而我們總是害怕噁心到別人，害怕出糗，也害怕被人取笑。

誰說燦爛的顏色穿在身上就一定俗氣？我忘了是哪一位法國時裝設計師在一個採訪裡被問到她最欣賞的打扮，她回答說是落難貴族的打扮。就是啊，那些破爛、斑駁和流蘇的設計，那些被時光褪掉了的顏色，自有一種體面的美。有些大師，即使再多的顏色，從他手裡甩到衣服上，也絕不會俗豔，這就是功力。

我曾經擁有過為數不多的Romeo Gigli（羅密歐．吉利）的衣服，他的設計滿滿是落難貴族的味兒，他也的確是貴族，母親是女伯爵，父親是古董書籍收藏家，他的童年是在義大利一幢十六世紀的別墅中孤零零地度過，陪伴他的，是數之不盡的書。成名好多年後，他也真的成了落難貴族，跟生意夥伴拆夥，他名下的店全都沒有了，錢也沒有了。這位學建築出身的時裝大師，他的衣服，美到淒涼，我好後悔我沒留著。是的，那麼絢爛的美，美到極致，有一種淒涼，就好像我們有天一覺醒來才發現從來就沒有永遠。

真正的貴族，家財散盡，品味猶在，那份優雅是別人拿不走的，是一夜暴富的人再花幾十年也學不來的。品味是心中的一縷詩意。

我認識一位家道中落的老太太，跟Bill Cunningham的歲數沒差多少，即便在家裡見朋友，她的化妝打扮也一絲不苟，她在客廳從來不穿拖鞋，只穿皮鞋，她的拖鞋是在睡房裡穿的，廚房也有廚房專用的拖鞋。她喜歡色彩繽紛的衣服，她的衣服一點也不貴，都在小店裡買，然後自己配搭。她臉上的粉是擦得厚了點，可能因為年紀大了，眼睛老了，對顏色沒那麼敏感。她年輕時可是放洋留學的清秀的大美人呢。一個老太太粉底擦得厚了點、胭脂擦得紅了點，又傷到了誰？我由衷地敬佩她對生活的莊嚴和熱情，不像我，在家老愛踢掉鞋子，赤著兩隻腳穿睡衣，朋友來了，我也是這樣子。我對生活，甚至對生命的熱愛和好奇永遠比不上她。

窮得有品味，那得要多少年的修煉和教養？又得要有多少堅持、沉澱與謙遜？遇到這樣的人，你得好好認識他，學習他的詩意。

你也肯定遇過一種人，當你悉心打扮的那天，他走過來不懷好意地笑著問你：

「穿成這樣是去喝喜酒嗎？」

你真想罵他說：「你才去喝喜酒！」

一個人難道不可以偶爾懷抱著赴宴的心情愉悅自己嗎？人生是一場秀，我們每個人都走秀，都有自己的姿態，當你不在乎別人的想法和目光，你才能夠走出自己的姿態。

多少年來，你一直努力取悅別人、取悅你想要取悅的人、取悅這個世界，又要多少年後，你才懂得取悅自己？

無論你喜歡做什麼，無論你喜歡誰，只要沒傷害別人都可以，噁心到別人無所謂，別噁心到自己就好。多少人為了名聲和財富、為了權力、野心和其他一切，做著噁心到別人也噁心到自己的事？而你不過是做自己喜歡的事，過自己喜歡的生活。若有人因為你喜歡做的事而覺得噁心和取笑你，那是他們的事。

真正蒼白的，是期待別人的認同，尤其是那些與你無關的人，那才是落難，卻成不了貴族。

討自己歡心，永遠不會太遲

女人一旦過了三十歲，聽到「卡路里」三個字就難免沮喪，喜歡吃的東西為什麼都有卡路里？在跑步機上辛辛苦苦跑了一個小時才燃燒掉兩百卡路里，啃一塊草莓蛋糕就前功盡棄，太殘忍了。

聽到「抗氧化」三個字，每個女人也會馬上為之精神一振，若能留住青春，那該多好？吃什麼能夠年輕就都給我吃吧，聽說葡萄抗氧化，也就有藉口多喝幾口紅酒了。

要是聽到「我愛你」呢？那得要看是誰說的，又是在什麼時候說的。聽太多了、來得太遲，又或者說這句話的人不是我所愛，那麼，那一刻也許會感傷，而不是微笑。

我是希望我聽太多了。

去年年底，我在廣州擔任一個講座的嘉賓，那天在座的都是事業有成的女性，講座尾聲，我問了大家一個問題：

「二〇一五年快要過去了，這一年，你都做了什麼證明你愛自己？」

這時，一位樣貌清秀、約莫四十歲的女士站起來，微笑告訴大家：

「我今年離婚了。」

她和丈夫一起打拚多年，錢是賺到了，卻不幸福。丈夫在外面有女人，對她也不好。在最難過的日子，有天晚上，她爬出客廳的窗子想閉上眼睛跳下去算了，這時，丈夫只看了她一眼，然後冷冷地回房間睡覺去。那一刻，她清醒了。這麼多年來，她只知道為家庭、為孩子付出，直到如今，她才終於懂得愛自己。跟丈夫和平分手之後，她一個人過得很好，也放下了心結。

要是每個女人都能夠早一點學會愛自己，那該多好？不要被人傷害到體無完膚才明白有些付出是永遠沒有出路；有些人一旦從你心裡走出去就沒有回頭路，永遠不必再等。

有天在香水店裡看到這些來自中東的珍貴而稀有的香油，它們不是一瓶一瓶地買，而幾乎是一滴一滴地買。那天我沒買，只買了一瓶保加利亞玫瑰和沉香味兒的香水，近年很迷沉香，而玫瑰，是三十歲後才愛上的。

一個月後，我又來到這家香水店，這一次，我想買一瓶夏天用的香水。兩千多年前，耶穌降生為人，東方三位博士騎著駱駝千里迢迢來到中東伯利恆朝拜聖嬰，帶的三份禮物分別是黃金、乳香和沒藥，從小讀《聖經》，我對乳香和沒藥是完全沒有抵抗力，這是自小就在《聖經》裡看到的東西，要是能夠擁有多好啊？於是，我買了一瓶沒藥香水。

買到沒藥，突然也對香油好奇起來，不那麼好奇還好，好奇聞了一下，心都軟了，想起徐四金的小說《香水》，我多喜歡那個故事；我也想起了那時年少青澀的、手頭拮据的我，買不起香水，買的是香水味兒的爽身粉，粉粉嫩嫩的香味稍縱即逝。這天，為了證明我愛自己，我咬咬牙，買了幾十滴玫瑰香油。

香水發明出來之前，女人用來熏香自己的就是香油。在遙遠的過去，埃及豔后正是用這個香油的同一個配方色誘法老王。一代尤物早已作古，女人把自己擦得香香的，即使不是為了誘惑任何人，也還是可以誘惑自己、色迷自己。

從香水店再往前走一段路，有一家專賣德國香醋的小店，每一種都可以試一小口。吃醋能幫助消化，我很久沒吃醋了，突然又想吃醋。溜一眼各種味道的果醋，看到有紅石榴醋，眼睛馬上亮了起來。

紅石榴含有大量的石榴多酚和花青素，抗氧化性是綠茶的三倍、維生素C的二十倍。它的醋，怎能不吃呢？

買醋居然跟買那個中東香油一樣，是一點一點地買，先挑一個自己喜歡的瓶子，然後就可以拿著去裝醋了。幸好，果醋比香油便宜得多，可以豪氣些，眼也不眨一下，幾百毫升地買。

英國國家統計局最新的研究發現，綠茶是日本女人長壽的秘密，雖說綠茶的抗氧化性比不上紅石榴，它始終是好東西，能補腦，你不可能天天喝一大杯醋，那會酸死你，但你可以每天喝綠茶。我用的是綠茶粉，比較方便，味道也更濃。

近年很流行喝冷壓果菜汁排毒瘦身，不管是否真的能夠排毒和瘦身，多吃水果和菜總是好的，抗氧化啊。我每天早上做完運動都經過這家小店，它們的果菜汁很好喝。店裡也賣思慕雪（smoothie），不過，思慕雪我更喜歡自己在家裡做。

我自己做的草莓思慕雪，材料很簡單：草莓、香蕉、奇亞籽（chia seed）、杏仁奶。奇亞籽是近年流行的超級食物，低卡路里，含豐富蛋白質、Omega-3和纖維，抗氧化性是藍莓的三倍。最重要的是，它不難吃。

愛自己不一定是一味消費。熱戀的時候，大腦會分泌大量的多巴胺，就像吃了催情藥那樣，使你心如鹿撞、心情愉快，連疼痛的感覺也會大大減輕，這時候，即使有人使勁抽你兩巴掌，你也許還是會傻傻地對他笑。可惜的是，愛情的多巴胺通常在一年之後就會消失。

愛情的多巴胺來得快也去得快，卻不需要絕望，做運動也會刺激大腦內多巴胺的分泌，使人心情愉快。你多久沒做運動了？即使再忙，走路和散步也是好的，別光說愛自己，卻成天坐著不動。

還有一樣，可能是你沒想到的，科學家發現，當你幫助別人，也能使你的大腦產生多巴胺。人從來不會因為自私而得到多巴胺，對人好，也就是對自己好。

過了三十歲也好，還沒過三十歲也好，從愛愛情到愛自己，是多麼漫長的路！卻也是覺悟的路。我們依舊愛愛情，但是也懂得愛自己了。要是無法討好全世界，那就首先討好自己吧。別等憔悴了才知道要對自己好，討自己歡心，永遠不會太早和太遲。

滾床單應該滾什麼床單？

大部分女人到了義大利米蘭附近那個著名的銷金窩Serravalle designer outlet（塞拉瓦萊名品奧特萊斯）都會忍不住揮金如土，捧走一大堆打折的衣服、鞋子和包包，可我的朋友捧回來的是Frette（芙蕾特）的床單，她甚至還笑靨如花拿著這份戰利品在outlet外面留影。

床單是買給自己的，她有個若即若離、不跟她住、不肯結婚，而且永遠長不大的男友。

Frette有什麼好？上網搜一下就知道了，能夠與之匹敵的，大概只有Pratesi（普達獅）。Frette用的是頂級的埃及棉，而Pratesi用的是尼羅河畔最高級的蘇丹棉。

據說，用Frette的有瑪丹娜、比爾・蓋茲、羅馬教皇、歐洲皇室、六星級酒店和鐵達尼號的頭等艙。（唔，這個有點不吉利，一去不回啊！）

用Pratesi的有可可・香奈兒、海明威、麥可・傑克森、珍妮佛・安妮斯頓和已故巨星伊莉莎白・泰勒。這個年輕時顛倒眾生的女人，去到哪裡都要用Pratesi，從家裡的睡房到下榻的酒店，她都要用它，這不稀奇，可就連到醫院動整容手術，她也要躺在Pratesi上。她曾經因為巴黎一家酒店用的不是Pratesi而拂袖離去。我真想知道，長眠的那天，載著她的那一口小小的棺木裡面墊著的是否也是Pratesi？

問題來了，Frette和Pratesi都那麼好，你要睡到哪一邊？要是你足夠富有，那就多情一點，每晚睡一邊吧。

什麼樣的床單才是好？專家會教你看紗支數、密度和克重，可誰會花時間牢記著這堆數字呢？誰都知道好東西是什麼價錢，價格決定質素。但你不必一整套地買，等減價的時候一點一點地買也無妨，它又不是時裝，它才不會過時；它也像衣服，自己配搭就好，你也不見得一定要買Frette和Pratesi，這世上還有許多好東西。

女人買好東西，首先買的往往是包包，然後是手錶、鞋子、衣服、內衣，直到很久很久之後，才會是床單，或者永遠不會是床單。最貼身的，難道不是內衣和床單嗎？我們總是先活給別人看，後來才懂得活給自己看。

等你有錢了，給自己買許多漂亮的衣服、鞋子、包包，甚至珠寶，你還不算愛自己，你要捨得買床單，你才是懂得愛自己。當你擁有一張好床單，決定不了今天晚上該穿哪一件衣服出去約會，那就把它們一件一件扔到床上慢慢再挑吧，這張柔軟的床單配得起你最昂貴的那條裙子。

傷心難過的夜晚，一個人幽幽地回到家裡，踢掉鞋子，扒掉身上的衣服，臉也不洗了，撲倒在床上大哭一場，哭著哭著睡了過去，明天一覺醒來，又是一條女漢子。這些孤單淒涼的長夜，怎麼可以讓一張粗糙的床單弄皺你已經憔悴的臉？

於是又回到那個老掉牙的問題了：你寧願在一張Frette床單上哭還是在一張IKEA（宜家）床單上笑？

曾經為誰哭又為誰笑？後來的一天，你再也不那麼容易為任何人哭了，人生所有的失意和失望，所有的憤恨，都無所謂了，你頂多只會為自己哭。

不是說一生中三分之一的時間都在睡眠中度過嗎？陪伴你最久的，也許是你的床和你的枕頭。一個人睡也好，兩個人一塊兒睡也好，誰說香水只能用在身上？對自己慷慨些，在你那張如絲般細膩的床單和枕套上擦一點點乳香、茉莉、橙花、鈴蘭、法國玫瑰或是阿拉伯沉香……幾滴就好，只要是你這個夜晚最想聞到的香水都可以。所有這一切，是為了做一場好夢，夢的那邊，有你熟悉的味道，這味道是要把你從夢裡喚回來的。

床單還是應該讓女人去買的，一個男人對寢具太講究，你會有點擔心他多麼耽溺於床上活動，男人只要對床伴講究些就好。女人是應該對床單、被子和枕套講究的，當你夜裡蹬被子的時候，你蹬的是一條輕柔的羽絨被，它會撫愛你兩隻疲倦的腳丫。枕席廝磨，即便動作再怎麼激烈，你花了很多錢買的那個用尼羅河畔的蘇丹棉織成的枕套也絕不會磨皺你的臉。那一刻，一切都物有所值了。

你有多愛自己，看你肯買什麼床單，也看你肯滾什麼床單。有沒有一個人，你和他滾床單可以滾一輩子？你好想對他說：「你的床單，我滾定了。」這張床單，你找到了嗎？或者說，漫漫長路，他找到你了嗎？

兩個人滾完床單，他沒有丟下你呼呼大睡，而是陪你說一會兒話，直到其中一個首先睡著了。滾床單時剛好來月經，他爬起來和你一起洗床單，而不是要你一個人做這事，那麼，這個男人是可以廝守的。

唯有愛可以直抵心房，而血肉之軀又能去多遠呢？滾床單就應該滾這種床單。一起生活多年的兩個人，偶爾不做什麼也可以裸睡，要是還沒攢夠錢買Frette和Pratesi，那就索性睡在他身上或者把一條腿架在他腿上吧。據說這樣睡可以增進感情。你要擔心的不是不穿衣服睡覺的兩個人會不會著涼，而是一絲不掛之後什麼都沒發生。

多少年過去，觸動你的從來不是技巧，而是那份溫暖的感覺。滾床單滾著滾著睡著了，醒過來笑著又再滾一次。無數個夜晚，看著他酣睡在你枕畔，聽著他在你身邊打呼，所有這些私密的時光，是要陪你到白頭的。

你滾過的那些床單，在你記憶裡溫暖如故，猶有餘溫，抑或，有些床單，你再也不想滾一次，你恨自己曾經如此卑微，不懂自愛？

要不要相信愛情？要不要相信男人？這些問題有多麼傻氣啊！

一個女人，當你愛過一些男人，只要你不笨，你就知道無所謂相信或者不相信，好好去擁抱愛情吧，就像那個秋天的明媚的早晨，陽光穿過窗簾落在你赤裸裸的背上，你懶懶地擁抱著一床被子，夢著也醒著。

好好去擁抱愛情吧，就像那個苦寒的冬夜，你摟著厚厚的被子像個孩子般蜷縮在床上，外面颳著風，房間的暖氣開了，那股乾燥的溫暖的氣味使得眼前的一切看起來都不再那麼真實，就像夢一樣朦朧。

愛情是歸鄉還是夢鄉？曾經那麼近，有一刻，卻也遙遠而蒼涼。

什麼是安全感？所愛的人的懷抱？那些睡在他身旁的時刻？有什麼是恒久的呢？連安全感都不是。是愛嗎？是錢嗎？是知識和夢想嗎？這些難道不會失去嗎？既然一切都不恒久，終將失去而無法永遠把握，那你還害怕什麼呢？

床單之上，你和被子之間是什麼？是幾滴幽香？一朵微笑？是所有那些枕畔的細語呢喃和私密時光？是那股熟悉的味道？是愛人的懷抱與體溫？一起變老卻終將離別，多麼幸福，也多麼傷感。就像房間裡開了暖氣的那個苦寒的夜晚，一切都不那麼真實，夢鄉也是異鄉。

我要和你一起虛度時光

每一年，我們總是默默跟自己說，別再虛度日子，別再荒廢時間了。可是，人有時候就喜歡荒廢時間，那個在荒廢時間、浪擲光陰的我，感覺是如此年輕而任性，頹廢也哀傷。

在大學半工半讀的第二年，有整整三個月的時間，我和我當時最要好的一個女朋友幾乎每天晚上都去泡酒吧。我酒量淺，喝得不多，她很能喝，喝得很兇，結果，到了半夜，醉的通常是她。從酒吧出來，天已經差不多亮了，兩個不願回家的人隨便找個地方吃早餐，然後繼續聊，累了就索性趴在餐桌上睡一會兒。這樣的我當然無法趕上早上的第一堂課，只好蹺課。

這樣的日子過了三個月，有一天，我突然覺得我再也不可以這樣下去。這大概就是我青春歲月裡最荒唐的一段日子了，我不懷念，卻也不覺得有什麼不好，一個人總不可能每天都充滿正能量，時時刻刻都努力上進吧？我才受不了這麼陽光的自己。

小墮落、小瘋癲、小虛榮、小頹廢、小傷感，然後使勁努力，使勁上進，使勁追求自己想要的生活，我似乎更喜歡這樣的自己；或者說，這才是我。

有一種人，每次去一個地方旅行都要每天一大早起床，然後一天跑十個景點，絲毫不浪費時間，不浪費機票。天！你饒了我吧！我絕不是一個這麼活力充沛、積極上進的人。就像我偶爾喜歡虛度時光，我出門是為了浪費一下時間，也是為了休息。我仍舊會一大早起床，但我每天也許只去一兩個地方走走看看。一個人為什麼不可以懶洋洋在海邊躺一整天什麼都不做呢？又為什麼不可以無聊？

一個人的無聊也可以是快樂的，若有一個人肯陪你無聊，也挺幸福。

從前說，等一個人，衣帶漸寬終不悔，而今哪兒會衣帶漸寬呢？等著等著說不定愈吃愈胖呢，因為等待太寂寞和孤單了，只好多吃點，不像兩個人的時候，我吃不完的，你幫我吃。

有沒有一個人曾為你虛度時光？你又曾否為某個人荒廢光陰？

人往往在失戀的日子裡為某個人虛度了最多的時間，他走了，時間再也沒有意義，奮鬥也沒有任何意思，索性什麼都不做，或者，雖然繼續上班和上學，卻不知道自己在幹什麼。直到一天，工作做得一團糟，升職的機會拱手讓人了，還挨老闆罵，或者是根本沒有溫習就去考試，看著試卷發呆。一天天過去，眼看自己會一直掉到底，會對自己失望，這才突然清醒過來，知道這樣下去不是辦法，得走出去。

我們曾為離開的那人浪擲了多少悔恨的時光，然後才明白他不值得？幸好，為時未晚。是的，若為他浪擲是不值得，若為自己，倒是值得，那些沉淪的日子終究使你清醒地知道這個人不值得你留戀，你可以活得更好。

他都不愛你了，你浪費多少光陰也跟他無關，只顯出你的卑微。為愛你的那個人執迷到底，可以很美麗，很悲愴，可為了不愛你的那個人執迷不悔，就是跟自己過不去。

人家都不愛你了，你站在門口像個討飯的乞丐幹嘛呢？多難看，多心酸啊。給自己三個月時間吧，頂多一年好了，然後祝他一路走好，我繼續上路，活得精采爛漫。

所有我們曾荒廢的那些歲月都提醒我們，時間無多了，下一次，要聰明些，下一次，要堅強些。今後的我，還是會虛度時光，還是會微笑著荒廢日子，只是，是跟我愛也愛我的人。

胸是自己的，與他人無關

平胸的她，早在十年前就想去隆胸，卻一直沒勇氣。糾結了整整十年，她終於下定決心送自己這份生日禮物。

她找了城中最著名的整容醫生為她做手術。女人在這個節骨眼上總是貪婪的，反正要把它做大，做大做小的費用也一樣，何不豁出去呢？她跟醫生說，她想要大一些，要34C，醫生拒絕了，說她個子小，C罩杯在她身上顯得太大了，不自然就不好看，B罩杯已經足夠。他是最好的，找他整容的客人至少要等上一年半載，她不敢說不。

手術很成功，她後悔沒有早點去做，幹嘛要等十年呢？她笑著抱怨說：「我十年的人生！我十年的波濤洶湧啊！」

她把內衣全扔掉，買過新的，舊的不合穿了啊。現在多出了兩團肉，外衣當然也要買過新的，她的人生好像重新開始，於是她又貪婪了，跟閨密說：「都說要C罩杯嘛，醫生他偏偏不肯。」

有些負擔，是否像女人的乳房，永遠不嫌大？

一生中，有多少回，你想要改變自己的容貌和身材，卻始終沒膽量？

整容醫生說，他有很多客人是在丈夫出軌之後才想要隆胸的，他每次都勸她們三思。

你以為胸變大了丈夫就會回家嗎？

男人一旦變心了，真的跟你的胸大不大沒關係。

這方面，還是外國女人活得比我們灑脫。表哥在美國的醫院工作，他說，他認識一個護士，多年來都是平胸的，有一次，她兩個星期沒上班，再回來的時候，已經變成大胸妞，走起路來搖曳生姿，顧盼自豪，直把他看傻了眼。

看到他大驚小怪的樣子，她笑嘻嘻地告訴他，這個假期她跑去隆胸了，現在感覺身體負擔有點大，但是慢慢會好的。

她們為自己而活，而不是為一個男人的去留和愛惡。

無論做什麼，這一生，試著為自己而活，試著多愛自己吧。

你不一定要隆胸，你不必改變自己的容貌，你只要珍惜自己就好。若不珍惜自己，即使變美了也還是不會幸福。

《權力遊戲》第五季，紅袍女巫獨個兒回到黑城堡裡的房間，當她對著鏡子扒掉身上的衣服，頃刻間，她從一個美豔撩人的女人變回一個乾癟的、臉上爬滿皺紋的老嫗，然後幽幽地蜷縮在被窩裡。這才是真正的她，天知道她到底活了多少年，多大歲數了。

總有人說，女人的皺紋也可以很美，歲月留下的痕跡可以很動人，那只是因為我們還沒到那個年紀吧？如果可以，誰會歌頌皺紋？誰不知道青春有多好？可它只是一場燦爛的煙花，留給餘生一個美麗的回憶和一朵蒼涼的微笑。

但你總可以好好對自己，別活得那麼累。

活給別人看很累，活給自己看，你會自在些，就算累了也值得。每次去日本泡溫泉，我都很佩服日本女人，泡溫泉明明是應該卸下所有束縛的時候，可是，我見過無數次，很多女人，不論年輕或者年老的，泡溫泉時都不卸妝，臉上依然塗著厚厚的粉。我見過一個約莫六十歲的女人，泡完溫泉，洗完澡，擦乾身體之後，首先穿上的是束腰和束褲，然後是聚攏胸罩，這活得多累啊。

也許，只是我看著累吧。聚攏胸罩還好，它是乳房的美圖秀秀，有時自欺一下又何妨？可是，束腰、束褲和塑身衣，壓根兒是酷刑，而且實在是醜。

你有多愛自己就看你裡頭怎麼穿。我永遠都愛蕾絲，黑色、白色、灰色、奶油色、皮膚色、紫色、粉紅色都美，既性感也感性，它只屬於女人，無論多麼美、多麼妖嬈的男人都無法駕馭它。你不需要束腰、束褲和塑身衣，若你真愛自己，好好鍛煉身體吧。

至於聚攏胸罩，要丟開也許還不容易，那就稍微聚攏好了，就像修圖也不能太過分，過了頭就不美，誇張即庸俗。

有時候，世事不都帶著幾分上帝的幽默感嗎？發明聚攏胸罩的正是出產莎莉蛋糕的莎莉公司（Sara Lee），我曾經很愛吃這種放冰箱裡、隨時可以拿出來吃的冷凍蛋糕。女人的乳房不也像放了顆糖漬櫻桃的柔軟的海綿蛋糕嗎？可是，蛋糕總也有賞味期限。

聚攏胸罩也像甜甜的蛋糕，撫慰了多少女人的芳心？卻又可曾拯救愛情？

人生可以活出幾個不同的版本，試著成為最優秀版的自己吧。誰讓你更愛自己和珍惜自己，他才是不自私，才是真的愛你，他不要你為他而活，他給你全然的自由，只是，這樣的愛情太像天方夜譚，太難找了，只有自己給自己的愛情才能有這個高度。

胸是自己的，與他人無關。

當你連真正的自己都能接受，那就沒有什麼人是你接受不了的。

當你終於拋開一切世俗的目光，你才能更接近真實的自己。當你分得出好和更好，也分得出性感與低俗，你就是個聰明女子。

當我們離青春的肉體漸漸遠了，唯願我們是更接近美好的靈魂，而不是一無所有，只剩下一副老去的皮囊。

假如我真的知道怎樣去愛你

曾經有很多年，我覺得自己是個完美主義者，什麼事情都想做到最好，眼裡容不下半點瑕疵和錯誤，尤其是自己的瑕疵和錯誤。不小心用錯一個字、新書的字體不好看，也會使我難過很久。直到一天，無意中聽到某人自稱是個完美主義者，一瞬間，我崩潰了，心裡想：「這個人做出來的東西一向那麼粗糙，怎麼還好意思說自己是個完美主義者啊？」

如果他是完美主義者，那我肯定不是。

幸好，崩潰的那一刻也同時是覺醒。

我們所以為的完美從來只是自己以為的完美，同一把尺無法量度所有人，每個人也有自己的一把尺，有些人那把尺鬆一些，有些人的緊一些；有些人的尺是特別為自己訂制的，明明只有一米三，也可以變成兩米八。

這樣的人多幸福啊。可我們又憑什麼嘲笑他人？當我笑話別人，別人也在笑話我。誰又能定義什麼是好？什麼是更好？什麼是完美？

追求完美的路有多麼痛苦和糾結？只有跟自己過不去的人才會那樣嚮往完美。可是，追求完美的，總難免會失望。這世上哪兒有什麼完美呢？追求沒有的東西，當然求而不得。

我漸漸明白，我從來不是在追求完美，我只是個愛挑剔的人，挑剔自己，也挑剔別人。

根本無所謂完美，就連接近完美都沒有。我們能做的，只是加倍努力，成為一個更好的自己。

這是個充滿缺憾的世界，誰不是百孔千瘡？誰又是完整的？因為知道不圓滿，才會那麼渴望完美。

既然沒有完美的人，也就不可能會有完美的愛情和婚姻。可是，我們卻往往希望我愛的那個人是完美的。

你愛上一個人，然後希望他變成你心中的完美，要是他達不到你心中的完美，你就會失望和埋怨。這有多麼痛苦啊！

想要成為一個完美的人，或者要求你愛的那個人是個完美的人，都是天方夜譚。

瞭解一個人的限制，也愛他的限制，這才是愛。

瞭解我愛的人也像我一樣，有著生而為人的許多缺點，這才是愛。

我的缺點難道會比他少嗎？可他並沒有要求我是完美的。

人不都有缺點嗎？留些缺點，才有血肉；留些遺憾，才可以努力。一路走來，你和我不是要成為一個完美的人，只是想要成為一個自己真心喜歡的人。

在追求完美的路上，我們終究看出了每個人的局限。我想變得更好，是為了配得起你；我希望你變得更好，因為你是我愛的人。直到一天，漸漸老了，才明白你從來沒有要求我配得起你，你從一開始就沒有認為我配不起你。
而我，假如我真的知道怎樣去愛你，我應該相信你已經努力為我做到最好。

選一城，度餘生

二○一六年，奧運會開鑼，巴西里約一下子成為全世界的焦點。我想起早年認識的一個臺灣男孩小東，他年紀很小就跟隨家人移居巴西，在里約熱內盧度過了他火熱的青春期，然後又回到臺灣追夢。他說，剛從巴西回來的時候，每次看見人們在麥當勞吃薯條蘸番茄醬都覺得奇怪極了，他們在巴西麥當勞吃薯條都蘸冰淇淋聖代。

會不會是因為巴西太熱了？人走在街上很快就融掉，不吃冰淇淋何以度過漫長夏日？

那回我和小東坐高鐵從臺北去臺南，在車廂裡閒著，我問他，要是有一天，當他老了，可以在這世上任何一個地方終老，他會選擇哪個地方？他毫不猶疑地選擇回到里約。

「那是我的初戀。」他靦腆地笑笑，又說，「在里約每天都很快樂，整天就想著去哪裡玩，那兒是天堂。」

我想像他的初戀是個開朗活潑的混血女孩，和他一樣，有一口潔白的牙齒。熱帶地方的女孩早熟，那個女孩也許早嫁人了。

初戀情人已經嫁了，你還要回去嗎？

假如讓你來選，你願意在哪個城市度餘生？

有的人想要回到初戀的城市，有的人想要留在最後一次戀愛的那個城市，愛上一個地方或者嚮往一個地方，總有個理由。幾年前，有個朋友從麗江回來，非常激動地宣佈，她以後要老在麗江這個美麗的地方。

我還沒去過麗江，不知道那是否是一個可以度餘生的地方。這個世界上，有些城市適合一個人終老，有些城市只適合和親愛的人終老。一個人可以住倫敦，英國人幾乎是最會跟孤獨和寂寞共處的民族，一本書、一壺咖啡、一杯蘇格蘭威士忌，或者再加一隻狗，就能過好每一天的日子。瑞士也是個好地方，但你得帶上很多錢才足夠在那裡度餘生。

威尼斯這麼浪漫，要是只有你一個人，會不會容易傷感？還是做它的過客好了。米蘭湖畔沒有威尼斯的那份感傷，也沒有嘆息橋，可是，義大利麵再怎麼好吃，天天吃還是受不了。

假如你讀過彼得．梅爾的《山居歲月》，你嚮往的可能是普羅旺斯。那是梵谷住過的城市，氣候宜人，雖然是法國的地方，普羅旺斯人卻更喜歡用橄欖油烹調而不是奶油，那就不必害怕變胖。

在普羅旺斯，你不用擔心法語，法語住下來慢慢就學會了，你要擔心的是日常生活。法國人做得最勤快的事就是吃飯，肚子的事才是人生大事，其他事情，他高興什麼時候做就什麼時候做，你家漏水，找個水管匠來看看，也許得等上幾個星期，到時候你的房子說不定已經浮起來漂走了。一個人或者兩口子，好不容易下定決心搬到這個美麗的山城終老，結果可能是還不算太老就氣死異鄉。

你也不會想在一片苦寒之地終老吧？終老之地又怎麼能夠是傳說中的天涯海角、世界盡頭火地島？那裡有美洲大陸南面的最後一座燈塔，可那地方荒涼啊。即使身邊那個他用自己的胸膛幫你暖手，用他的肚子為你暖腳，那時他也已經和你一樣老了，你怎麼捨得他冷著？

兩個人有兩個人的活法，一個人有一個人的活法。到底是一個人的倫敦還是兩個人的杭州西溪？一個人的繁華大都會還是兩個人的安靜小城？一個人的湖光山色還是兩個人的小橋流水？是聖誕老人的家鄉還是你出生和長大的故鄉？

跟對的人，在對的地方，老在彼此身上，是美夢抑或是一場幻夢？

即使找到那個對的人，當你們兩個都老了，總有一個人得首先告別。並不是每一次告別都有歸期，太老了也許就忘了回來的路，只能在那邊等著。

繁花落盡，人生最後的日子，終歸是要獨個兒回到最初的地方，愛過和恨過的，或與之終老，或各自天涯。選一人，過日子，選一城，度餘生，喧鬧也好，安靜也好，生活便捷，不打擾人，也沒人打擾。當你記憶模糊，兩眼昏花，人生最後的一抹風景看起來都像幻影，只有往事對你微笑依舊。這時候，你已經不怕老了；你怕的，是沒有過好這一生。

放下一個人，比時間和新歡更有效的方法是自愛

我們曾經多麼努力去忘掉一個人，後來的一天，卻要多麼努力才想起關於他的那些微小的往事？

我曾經以為我無論如何也不會忘記的那個人，而今我連他是哪個星座都想不起來了。我只記得當時的自己。

當你愛著一個人，除了你自己的星座，你最好奇和關心的就是他的星座。我天蠍，你雙魚；我白羊，你水瓶，天造地設。漫天星宿，黃道十二宮，彷彿只有你倆是宇宙間最亮眼的兩顆星星，每天形影相依。可是，後來的一天，他的星座和生日，再也跟你無關了。再過一些年月，你甚至想不起他是哪一天生日。

時光到底是溫柔還是殘忍？如若溫柔，為什麼我竟可以把我愛過的人忘掉？如若殘忍，為什麼我卻始終忘不了離我而去的那個人？

如何可以忘記你？以年？以月？以日？抑或以一生？

要是不費吹灰之力就能夠把一個人從心底裡丟開，我的人生是否會幸福很多？假如要耗一生才能夠忘記一個人，我的人生又是否太苦澀了？

要是你不愛我，只願從今天開始我再也不會想起你。

忘不了那個人，並不是因為忘記太苦，而是你想要跟自己過不去。你明明可以試著去忘記他，可你偏不要。

不想忘記，並不是他有多好，你心裡清楚得很，無論他有多好，也都過去了。忘掉也好，忘不掉也好，都已經結束。

不肯忘記，只是自個兒苦苦地執拗。這樣為難自己，以為他會心痛，卻不肯承認，既然離開了，你所有的痛也跟這個人無關了。長夜寂寥，你的眼淚和執著終歸只能留給自己。

不是忘記太難，而是執著太深。當你執著，你甚至可以忘掉整個世界，忘掉自己，忘掉你的人生，卻忘不了他。

你的生命裡本來就沒有他，他來過，又走了，你偏偏不願意回到沒有他的日子，偏偏要在長街上那盞昏黃的枯燈下苦苦守候。

這場守候，卻註定是會失望的。

你在心裡跟自己說：「他為什麼要走？為什麼不愛我了？他明明說過會一直愛我。」當愛情變了，承諾不是也會變嗎？感情既已隨風而去，承諾豈不如同飛花散盡？無論你想不想放下，都已經不在你手裡，抓不住了。

你哭著問自己：「他怎麼可以這麼絕情？他到底有沒有愛過我？」

也許有，也許沒有，你又何必深究？

不要責怪對你決絕的人，他對你無情，不再關心你的死活，也不要跟你藕斷絲連，其實是幫了你一把，讓你可以儘快把他忘記。

時光終究是溫柔的，漸漸地，不在身邊的，也不在回憶裡了。

有個人，這一刻無法放下，那就把他暫時放到心裡一個小小的角落吧，就好像一件你很珍視的小東西，你害怕會不見，於是把它藏起來，放到抽屜最裡面的一個小鐵罐裡，放到一本書裡，放到衣櫃頂，放到一件心愛的舊衣的口袋裡……然後，生活繼續，日子漫長，後來的一天，你都想不起你把它放到哪裡去了，找不回了，你甚至不記得你有過這樣一件小東西。這就是忘記。

回憶就像一隻小小的手挽的行李箱，陪我們一路行走，我們都是旅人，箱子太小了，時光匆匆，難免丟三落四，帶不走的太多，放不下的始終要放下。有些人能夠留在回憶裡，陪你走到最後；另一些人，只能在你回憶的邊邊擦身而過。人面桃花，可他連桃花都不是，只是飛絮，只是塵土，曾經吹進你眼裡，害你濕了眼睛。

有時候，你不是對離開的那個人一片痴心，而是對自己情深一往，受不了傷害。

可是，為了忘記一個人，我們又做過多少傷害自己的事？夜夜買醉，長夜哭泣，孤零零地出走，甚至跟一個不愛的人在一起，可惜這樣的遺忘卻常常是徒勞的。

時光已老，不如歸去。你忘不掉的那個人，已經跟另一個人一起，過著另一種生活了，他的生命裡，再也沒有你。

飛花散盡，孤舟獨酌，人生不過是一趟苦樂參半的旅行，走馬看花，終究寂寥。回憶的那只珍貴的手挽的箱子，終有一天也是要放下的，更何況一路上的風景與塵土？你忘不掉的風景，早就把你忘掉了；你放不下的人，又何曾屬於你？

忘記一個人，除了時間和新歡，你需要的，只是自愛。

既然床榻邊沒有你，那麼，我的餘生也不會有你的一席之地。

你必須是
陪我一路
走到底
的那個人

幸福是遇到對的人

幸福也是成為對的人

對的你，就是最優秀的你

誰說女人沒有邏輯？

是誰說女人沒有邏輯？怎麼能夠因為我們的邏輯跟男人不一樣就說我們沒邏輯？邏輯肯定是有的，但是得要看對著誰、也得要看心情。

心情好的時候，我的邏輯思維也特別好。心情不好的時候，我都不談邏輯。戀愛的時候，我們有沒有邏輯？當然是沒有的。愛情是那麼不可靠的事，隨時都會變，根據邏輯，誰還會去戀愛？可是，當我愛上你，我會拋棄所有的邏輯，只相信自己的直覺，希望我的直覺不會錯。直覺對了，邏輯錯了又有什麼關係？

是誰說女人有時不可理喻？請永遠不要忘記：女人不是要來理喻的，她是要來愛的。

假使有一刻我顯得有那麼一點點不可理喻，只是這一刻我什麼都不想解釋，我只想要一點點愛和關心。

你真的以為我有那麼不可理喻嗎？有時候，我是故意不跟你講道理的，我只想對你任性一下，看看你有多愛我。講道理幹嘛呢？這又不會使我覺得被愛。

是誰說女人不容易被瞭解？我們可直接了，對女人來說，所有的人只分作四種：我愛的和我不愛的、愛我的和不愛我的。

我愛的，我什麼都願意為他做。我不愛的，為我做什麼都沒用。

愛我的，什麼話都好說。不愛我的，我什麼都不想跟他說。

是誰說女人難以捉摸？要是我愛你，用不著你來捉我，我會擠到你大腿上、撲到你身上，我會主動摸你。

當我沮喪的時候，多想你的大手溫柔地摸摸我的臉，也微笑摸摸我的頭，告訴我你在。無言無語也無所謂，你在身邊就好。

是誰說女人喜歡無理取鬧？若是鬧脾氣，只是我這一刻積壓了太多情緒，不知道怎樣說出來，也不想你知道我為了一件小事生氣和妒忌，憋在心裡多苦啊，憋久了會抑鬱啊，為了健康著想，只好隨手找些事情來發洩一下。

即使看來好像無理取鬧，其實都是有理的。有時候，這麼做只是想拐個彎跟你撒嬌，卻因為人太老實，不懂撒嬌，所以撒得不好，變得有點無理取鬧。這麼幽微的心事、這個小小的彎兒，男人怎麼就沒看穿呢？太不長心眼了。

只要總結一下，就能發現女人都很有邏輯、可以理喻、不難瞭解、不會隨便無理取鬧，也喜歡摸摸。女人這麼好，想不去愛她也難，誰還敢說女人的壞話？

作為女人，你可以傻裡傻氣，但不要真的傻

二十一歲的漁夫柏丁住在印尼蘇拉威西省望涯群島一個偏遠的小村落，他從來沒想過自己有一天會成為新聞人物，給大家帶來很多歡樂。上個月，他在海上撿到一個人形玩偶，那天剛好是日食奇景出現之後，時間太巧合了，柏丁因此深信自己撿到的是天使。至於天使為什麼會在日食後降落凡間，他倒是沒有深究。

柏丁把天使帶回家裡。柏丁的媽媽看到天使，就跟兒子一樣高興，她每天替天使換上新的衣服和頭飾，又為天使裹上印尼婦女的傳統頭巾，把天使打扮得漂漂亮亮，供奉在一把椅子裡。這個有著美麗的大眼睛的天使看上去就跟真人一樣，有誰會想到她根本不是天使？

柏丁撿到天使，成了這個平靜小村落的頭等大事，好奇的村民爭相跑去看天使，當地媒體也大肆渲染，甚至有人繪聲繪影說看到天使哭泣。天使顯靈的事很快就傳到警方耳中，員警決定去柏丁家裡一看究竟。英明的員警一看就知道這個穿了人的衣服的天使只是個充氣娃娃，很可能是一艘路過望涯群島的船上的某個人扔到海裡的。（我估計是個特別缺公德心的男人或是一個怒火中燒的女友。）為免麻煩，警方決定把「天使」沒收，結束了這場鬧劇。

這條花邊新聞讓我想起一九八〇年一部在全世界都很賣座的電影《上帝也瘋狂》。非洲卡拉哈里地區距離現代化的大都市只有六百公里，可這裡的人對現代化一無所知，只是深信上帝每天慈愛地看著他們的一舉一動。某天，土著基在打獵回來的路上，從飛機上墜下的一個可樂瓶正好掉在他面前，基理所當然把這當作上帝送給他的禮物帶回了部落。基的族人很快就發現這個晶瑩漂亮的可樂瓶不但可以吹出動聽的聲音，還可以用來磨蛇皮……他們每天都找到它新的用處。

假如換一個場景，也換一個故事，撿到充氣娃娃的是基，基肯定也會像柏丁一樣，以為這是上帝給他的禮物，他會高高興興地把天使帶回部落裡去，族中的女人會用布塊替天使遮蔽身體，給她戴上一個個美麗而珍貴的項圈和唇環……這群幸福的人兒每天都找到她新的用處。

生活在文明大都會，我們也許會取笑柏丁的無知，基也讓我們笑破肚皮，可是，一個從來沒見過可樂的土著怎會知道什麼是可樂、什麼是玻璃？一個從來沒見過充氣娃娃的男人又怎麼可能知道他奉若神明的天使竟是別人的情趣用品？他甚至不會理解為什麼有些人需要一個充氣娃娃。那多噁心，卻也多寂寞啊？

當我們笑話別人的無知，我們又知道些什麼？蘇格拉底說：我只知道一件事，那就是什麼都不知道。我知道自己的無知，這就是我比所有人聰明的地方。只有知道自己的無知，才能認識自己；認識自己，方能認識人生。

誰敢說自己並非無知？遠離無知的路是多麼遙遠和艱難！總有人說，女人不要那麼聰明，聰明會痛苦哦，聰明會孤獨哦。面對愛人的謊言，你也許曾經跟自己說：「傻一些，再傻一些，也許就會快樂些，也許就不那麼痛苦。」可後來你知道除非你真的傻，否則，你沒有辦法一直騙自己做個可憐的傻瓜。

身邊總有人跟你說男人都喜歡笨女人，女人愈簡單愈容易幸福。真的嗎？簡單是否就幸福？幸福可能很簡單，一杯可口的咖啡、一碗熱的湯、戀人溫柔的懷抱、海浪的呢喃、天邊的落日、星光裡的漫步、枕邊的低語……但是，簡單不一定就幸福。

我想起一個朋友的故事。我認識她的時候，她已經再婚。青梅竹馬的前夫覺得她人太單純，他受不了了，他不想餘生這麼過。她現任的丈夫是他們夫妻多年的好朋友，直到而今也沒改變。他愛的卻正是她的單純，他多想和她共度餘生。在她離婚之後，他問她的前夫：「我可以追她嗎？」她的前夫回答說：「當然可以，我沒能給她幸福，我多希望你能夠使她幸福。」甲之蜜糖，乙之砒霜。情有獨鍾，就是我看到別人看不到的你的好。

她是單純，而不是無知，她可是知名大學的畢業生。作為女人，你可以單純，但不要愚蠢；你可以沒心沒肺，但不要沒頭沒腦；你可以傻裡傻氣，但不要真的傻。

男人愛上不聰明的女人，只是因為他累了，或者他沒有自信。這樣的男人是你想要的嗎？若你內心一片空白，你只是徒具人形的一個充氣娃娃，把你奉若神明的那個男人又能聰明到哪裡？

有時候，我很難理解為什麼有些人會愛上一個比自己笨的男人，他只會把我也變笨。我是寧可做一個痛苦的人也不要做一頭快樂的豬，寧可孤獨也無法將就。在追求智慧的漫長的路上，難道不是遇強愈強嗎？為了配得起你所愛的人，你要聰明些，再聰明一些。即便不為任何人，你也要為自己聰明些，再聰明一些，虛心一些，再虛心一些，永遠為了擺脫無知而奮進，雖然我們終究是無知的。

再也不要說別人辜負了你，最後終歸是你辜負了自己，你是唯一能夠把自己辜負到體無完膚的那個人。一生的時光如許有限，請不要荒涼了你自己。你可能做過一些蠢事，說過一些蠢話，愛過一些蠢人，你甚至可能蠢到做過你苦苦迷戀著的那個男人的充氣娃娃，枕席之歡，卑微散場。可這就是青春吧？但是請不要永遠蠢下去。你愛的那個男人，他的心可以是一個樸素的小村落，他的思想最好能夠是一座高樓，被這樣的男人愛著，才是不枉此生。

當青春和美貌漸漸離你而去，只有智慧與覺悟和你長相依伴，那才是女人真正需要的安全感，誰也拿不走。因為我愛自己如此之深，我決不肯跟一個笨男人共度春宵，更別說共度餘生。

為什麼只有你剩下來？

她、她和她都有男朋友了，就連那個你一向瞧不順眼的她也嫁人了，可為什麼只有你剩下來？真是不服氣啊，她們明明都不比你優秀。

遇到那個對的人真有那麼難嗎？心裡想：「好歹也結一次婚吧！」可就連這個機會也沒有，你禁不住仰天長嘯：

「為什麼只有我剩下來！我真的有那麼糟糕嗎？還是因為我太優秀了？」

剩下和沒有剩下，跟一個人的條件當然有關係，卻也不是絕對的。條件優秀的女人有很多都還是單身，條件沒那麼好的，卻也許嫁出去了。長得漂亮的女人，被愛的機會無疑會多一些，可是，長得不漂亮的也會有愛她的人。愛情和結婚，真的跟長相無關。

我認識一個女孩子，從小到大都很胖，長得也不漂亮，都三十好幾了，從沒談過戀愛。一天，我和一個朋友在街上碰到她，我跟我那朋友說：

「她人挺好的，可就是一直沒遇到人。」

「她是不嫁更好。」他說。

「為什麼這樣說？」

「她長這樣子，勉強找個人嫁，我怕她將來會挨老公打呢！」我那朋友說。

他嘴巴太壞了，可他也不是沒有道理。為了脫單而隨便找個人嫁，不就等於斷送自己的幸福嗎？至於這麼卑微嗎？

當然，老婆不漂亮就會挨打只是男人的幻想，去看看身邊的人，也去看看新聞吧，那些欺負老公、出手打老公的，幾乎都是長得不漂亮的女人，挨打的是老公。相反，被老公欺負的、被家暴的女人，有許多都長得挺好看的，她們只是嫁錯了人。好萊塢老浪子強尼．戴普打老婆的新聞最近不是鬧得沸沸揚揚嗎？他老婆艾梅柏可是個大美女。

為什麼只有你剩下來？是性格嗎？可我見過一些脾氣很壞、性格也不討喜的女人把自己嫁出去了，而且還有一個對她百依百順的男人。

為什麼只有你剩下來？是生活圈子太狹窄嗎？當緣分來到，就不能跨個圈子嗎？誰說你一定得在你的圈子裡找人？

外貌、性格、智商、學識和家庭背景，這一切並非不重要，卻也不是你剩下來的理由。

為什麼只有你剩下來？到現在你還不明白嗎？是際遇。

際遇是否不能改變？卻也不是。能否改變，得看你有多進取。

說個真實的故事吧，V和E是朋友，E比V大十歲，那年三十五歲，一直單著。當時有個條件不錯的男人追求V，可是，V對他就是沒感覺，E不斷對V說那個男人的壞話，V心裡不覺得他有那麼差勁，但是也無所謂了，反正她不會愛上他。一天，E跟V說工作上有需要，想找那個男人問一些意見，V說：「好的呀，我跟他說一聲，他才不敢不答應。」那個男人自然是一口答應。

E和那個男人終於有了單獨見面的機會，隨後一段日子，E幾乎消失了，那個男的也不見了，幾個月後，V聽說他倆要結婚了，是E倒追那個男的，而且有了他的孩子。兩個人的婚禮，當然不會邀請她出席。

為了把自己嫁掉，你要不要這麼進取？

心機重一點、耍一些手段、賣掉一個朋友，撿到別人不要的男人，這個男人還不錯，這畢竟也是她的際遇，將來幸福就好，當初怎麼得到手都不重要了。

可這麼做不是進取，進取應該是光明磊落的。

單著的日子，你就不能討好自己、愉悅自己、好好愛自己嗎？你不需要為任何人卑微。誰知道哪一年、哪一天，你會遇到真命天子？際遇並非不可以努力，你努力些，無論內外，把自己裝備得好一些，際遇也會對你好一些。就算不為愛情，也為自己。這一生如斯短暫，你盡力了嗎？盡力了，其他就交給天意吧。有的人還沒出現，是因為時間還沒到。在孤單與等待的漫長日子，學會過自己的生活吧。為了那個將會遇到的人，你要把自己養得更可愛。

即使單身又怎樣？誰說一定得走你父母走過的路？誰說一定要結婚？以前要盲婚啞嫁、要纏足，以前有童養媳呢，為什麼現在沒有了？這個世界已經變了啊。

除了愛情和婚姻，人生還有很多值得你去追逐的風景。人生最後的歸宿不是任何人，而是過好這一生。

單著的不一定就沒有愛情，雙著的卻不見得還有愛情。你到底是要嫁給愛情還是要嫁給婚姻？嫁給愛情不容易，嫁給婚姻可容易多了。

每個女孩一開始不都想嫁給愛情嗎？只是，後來的際遇把人改變了。

到了那一天，你要嫁一個你愛的人還是一個愛你的人？嫁一個你愛也愛你的吧，誰愛誰多一點都不重要，相愛就好。他愛你多一點，他會願意跟你結婚；你愛他多一點，那你可能要等他開口，誰又知道要等多久？就看你願不願意等。

剩下來的，都有各種理由，有些女人是等一個還沒出現的人；有些女人等的，是一個不想結婚的男人。

面對所愛的人，你是要絕對坦誠還是有所保留

誰沒有過去呢？過去的一切假若沒有讓你變得更好，那真的是不值一提。假若這一切使你變好，那麼，那些掉過的眼淚和受過的委屈就讓它過去吧，為什麼要留在心裡酸苦了自己？

有個女孩，一直痛恨她的初戀情人說過的一句話。那時，兩個人都是留學生，他是她的學長，也是她的初戀，她一個人孤身在外，很容易就愛上了這個長得好看又對她照顧有加的學長。那天晚上，她把第一次給了他，他卻問她：「這真的是你的第一次嗎？」

那麼多年過去，她早已經放下那段感情，卻放不下對他的恨。在她心裡，那是青春的恥辱。他怎麼可以質疑她的處子之身？

後來她幸福嗎？我不知道，我也不知道她有沒有一次又一次把這件事告訴她以後愛上的人。假如她永遠放不下那個人說過的那句話，她是無法全然幸福的。

那個人真的有那麼壞，說了不該說的話，還是她那一刻聽到他這麼說就激動，誤會了他話裡的意思？都那麼多年了，又何必去深究？

有時候，忘記是為了幸福；沒有全然坦誠，也是為了幸福。

即使你有多愛一個人，是否有必要什麼都告訴他？這個問題的答案常常分成對立的兩方。有人說兩個人一起就是要坦誠相對，不坦誠就是說謊，可也有人說，不說只是不說，並不等於撒謊，兩個人沒必要什麼都得說。

有些戀人，他們要求絕對的坦誠，他們什麼都告訴對方，就連自己愛上別人或者昨天晚上受不住誘惑跟另一個人上了床，他們都可以全然坦白。他們就是要無所隱瞞，你愛我，就要愛這個真實而赤裸的我。

可這樣的兩個人到最後往往沒能長相廝守。我們從來就沒有自己以為的那麼能夠接受真相，我們也往往高估了自己的灑脫和包容，卻低估了自己的記憶力。

何況，所謂絕對的坦誠又是否沒有絲毫修飾？那終究是從自己口裡說出來的故事，坦誠也是為了得到對方的原諒。

另一些戀人，並不是不坦誠，不坦誠的兩個人，又怎麼可能相愛？怎麼可能一起走下去？只是，有些事，有些過去，他們沒提起，也沒說。

你是哪一種人？是堅持坦誠，還是覺得相愛就好，其他都不重要，重要的事才應該坦誠？

對過去坦誠的人，並不表示他們人格就高尚一些；不坦誠的，也不代表他們就不是好人。

面對他人，面對所愛的人，是否需要全然坦白？

有些女人跟一個男人生活了幾十年，完全不知道他有另一個女人，直到他死後才知道。到底要不要原諒他？她恨他，卻也愛他。從今以後，是愛他還是恨他？每個女人或許都寧願永遠不知道真相，也不會希望一生中有一天要面臨這個抉擇。

你含淚對你愛著的那個人說：「你說出來，我不恨你。」然而，當他真的開口，沒等他說完你就已經開始恨他了。

有時候，我們多麼痛恨那個坦白的人。

人生是否有必要全然坦蕩蕩？有時候，可否讓我保留一個小小的秘密？無論是出於羞怯，出於尊嚴，出於恐懼，恐懼你不再愛我，或是任何理由，要是你愛我，請容許我在心中為自己留一片孤獨而寂靜的天地，也留一個故事。總有一些事，沒有忘記，卻也並不想提起，只想把它丟給那段遙遠的過去。那終究是一場舊事而已，那時我還沒有遇到你。

自從遇見你，過去的一切都是碎片，都是往事。

愛情是最難得也最成功的誤解

不是有個真實而又老掉牙的笑話嗎？男人一連幾天擺出一張臭臉，不怎麼說話，也不搭理她，女人心裡禁不住想：「他不愛我了，我就知道他不愛我了。」

男人心裡想的卻是：「氣死我了！西班牙又輸了一球。」

他才沒有不愛她，是她想像力太豐富了。反過來，要是女人一連幾天擺出一張臭臉，男人想的肯定不會是「她不愛我了！」，他多半認為她是在鬧脾氣。他心裡想的是：「唉，不知道是誰惹她生氣了，女人就是這麼情緒化，跟我們男人完全不一樣。」他甚至根本沒留意到她心情不好。

男女大不同，你身邊的那個人，真的瞭解你嗎？抑或他只是愛你？我們可以不瞭解一個人卻依然愛他愛到無可救藥；當我們瞭解一個人，卻也許不愛他了。然而，兩個人之間所有的瞭解和不瞭解，甚至相知，有多少是想像和誤解？誰曾真正瞭解另一個人？

有人說，這一生，遇到愛，遇到喜歡都不稀罕，遇到瞭解才難得，我倒是認為，遇到成功的誤解說不定更難得。

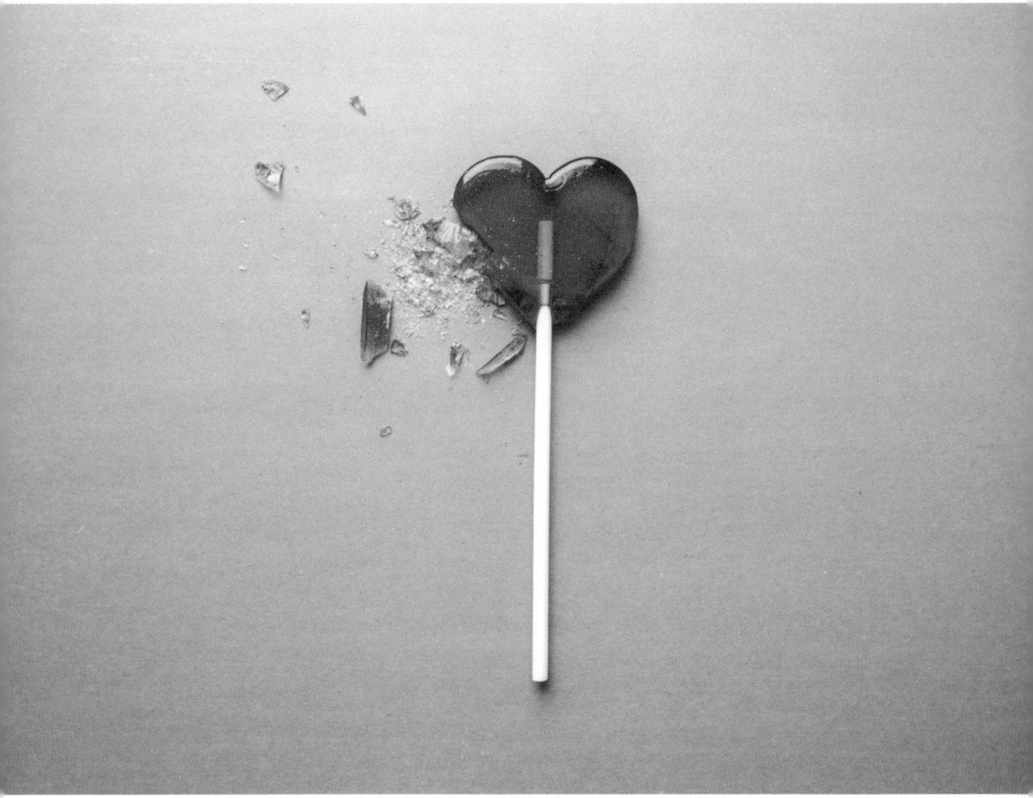

你曾因為世上有一個人這麼瞭解你而感動，可有時候，他的誤解卻也多麼觸動你！你明明很自私，你愛自己遠遠超過你愛他，你只為他做一點小事，他也會當成一百分的愛。當他說：「你對我真好。」那一刻，你真的是慚愧到無地自容。然後你跟自己說：「我以後要愛他多一點。」

誰說誤解不好呢？有時候，我們竟是如此需要誤解。

為什麼會跟某個人分開？後來你才明白，你一點都不認識也不瞭解這個人，更別說誤解了。合不來，就是連誤解的機會都沒有，彼此都懶得去誤解。

在愛情裡，有時候，是先有瞭解，才有誤解。我愛你愛到總是在心裡為你說好話，把你往好處想，我卻也愛你愛到害怕你其實沒那麼愛我。我因為自個兒的想像和誤解而傷心失望，直到你告訴我你心裡想什麼，我才又笑了，原來你是愛我的，是我傻傻地想太多了。

瞭解和誤解並沒有矛盾，我們可以既瞭解也誤解一個人。

人又何曾全然瞭解自己？有時連自己都不瞭解自己，想要完全瞭解一個人，是奢望；渴望有個人完全瞭解你，也太天真了。我們對自己不也有很多誤解嗎？你甚至不願意去糾正那些誤解，你也許既愛也憐憫那個你所誤解的自己。為什麼要醒來呢？一直誤解下去似乎也挺幸福的。

青春年少時的愛情是把兩個人牢牢地綁在一起，你愛我，也要瞭解我；當青春遠去，我們相依相伴卻也是自由的，你愛我，你也瞭解我，就像我瞭解你一樣。我感覺我已經是那個最瞭解你的人，這就足夠了，這我就安心了。

誤解不都源於想像嗎？可是，愛情怎麼可能沒有想像呢？一生中，我們愛的終歸只有兩個人：一個是自己，一個是自己想像出來的。你是我想像的、我以為的那個人，那又有什麼關係呢？我不也是你想像的、以為的那個人嗎？我們就一直這樣誤解下去，相濡以沫，長相廝守。

誤解真的是誤解嗎？抑或，那是另一個我？有時候，就連我自己也不知道我是這樣的，只有愛我的那個人看得出來。適當的誤解是愛情的甜點，首先甜蜜了自己。

每個人心中也有一片除了自己無人能抵達的孤單的內陸，幸福的誤解和苦澀的瞭解，二選其一的話，也許我們都寧願選擇前者。我們既瞭解彼此，也誤解彼此，愛情是最難得也最成功的誤解。我愛你如此之深，連誤解都是美好的。

人為什麼那麼害怕承認自己在乎？

每一句倔強的「我才不在乎！」背後其實有多少在乎？只有在乎，才會嘴硬；當你真的不在乎，你根本不會把這句話掛在嘴邊。

人為什麼那麼害怕在乎？我們真正害怕的，也許不是在乎，而是失去。我先把話說在前頭，要是我失去了，我也不需要任何的憐憫，因為我打一開始就說過我不在乎。要是失去了，我寧可躲起來哭得天崩地裂，哭得像個鬼，也要時不時擦乾眼淚冒個頭出來告訴大家：「哼，我才不在乎！」

都說要華麗轉身，一旦在乎就顯得寒磣，離華麗遠了，於是只好拚命假裝不在乎。

人為什麼那麼害怕承認自己在乎？無論是在乎一個人、在乎一份工作、在乎錢、在乎權位、在乎得失，或者在乎別人的眼光和喜惡，不都讓人看到我的軟肋嗎？那也太不瀟灑了。我們真正害怕的，不是在乎，而是寒磣。

我們嘴裡說我不為別人而活，可要是不能好好活給所愛和所恨的人看，那有多寂寞？

我們說和做的，往往是兩回事。只有當你不害怕寒磣，你才能夠真正為自己而活；當你能夠微笑承認：「我挺在乎的。」你才不是為別人而活。

為什麼那麼害怕在乎呢？在乎就在乎吧，我是在乎又怎樣？至少我願意承認。不肯承認自己在乎，欺人又自欺，那多苦啊。世上並非只有瀟灑才是美，在乎也可以很美，在乎代表堅持，代表我愛得深，我愛到不願意否認我多麼在乎你。

在乎又怎樣？有那麼一刻，你明知道在乎這個人是錯的，你卻不願意面對。你甚至能夠微笑著說：「這輩子，就讓我在乎一次吧！」這句話，何止深情？簡直就是豪情；這句話，卻也多麼苦澀。

我們都知道太在乎一個人，苦的是自己。他的喜怒哀樂，他的一舉一動，全都牽動著你；他的一句話，甚至一個眼神，你都無法不放在心裡。愈在乎就愈放不開，愈在乎就愈不自由。

等有一天，終於不再在乎，也就自由，也自在了。可是，愛的時候，會有那一天嗎？

有些東西，一直都在自己。在乎也好，不在乎也好，騙得了所有人，始終騙不了自己。真正面對自己，知道了在乎會痛，才知道有時要放開些，再放開一些。放開一些，並不是因為不在乎，而是在乎到累了，得把這份在乎深深埋起來，學著要在乎得瀟瀟灑灑、不著痕跡，如同武俠小說裡那些厲害的輕功，練成了，都成武林高手了，也就可以笑傲江湖，在乎到你不知不覺。

是有一個人，曾經那麼在乎你，你卻不把他放在心裡，直到失去了才覺得可惜。又有一個人，你是那樣在乎他，在乎到痛，他卻沒有珍惜。人生漫長崎嶇的情路，不過就是為了讓人明白可惜，也懂得了珍惜。

若是愛一個人，又怎麼可能不在乎？當失去的時候，又怎麼能夠不在乎？愛的時候就在乎，不愛就再也不在乎了。微笑承認我是在乎的，起碼我真誠地面對過自己，這一刻，我是勇敢而幸福的，多希望你也在乎我。

當你愛上一個不肯長大的男人

本來想當女兒，卻找了個想當兒子的，那會是什麼樣的結局？只能分了吧？

那時候，每次她在家裡跟我講電話，她男朋友也會在電話那一頭發出各種奇怪的叫聲，一開始我嚇壞了，這個男人是不是精神不正常？後來我就習慣了，他沒有不正常，他只是沒長大，喜歡在家裡搗蛋，什麼時候高興起來就大叫。

每次我們出去吃飯，他也要跟著來，在餐廳裡卻只顧著看手機。三個人一起逛街，他就像個跟著媽媽出去的小男孩，總是嚷著要去看電腦和玩具，於是只好各逛各的，約定一個時間在某個地方會合，結果他每次都不知道跑哪裡去了，他媽媽還得不停打電話找他，然後看著他嬉皮笑臉地跑過來。可是，他年紀明明比我和她都大，也比我和她高出一個頭。

愛上一個不肯長大的男人，不就是提早當上媽媽嗎？最氣人的是，這孩子還不知道感恩圖報，只認為一切都是理所當然的。

誰教你愛他呢？

他也是愛你的，若是不愛，他早跑掉了，怎會黏著你呢？可有時你真的感到困惑，這到底是什麼樣的愛？他口裡說愛你，卻等著你去愛他。他心情好的時候，你是他女朋友，他心情不好的時候，你就是那個很煩人的媽媽。

明明是個大人，臉上都有鬍子了，上班工作，外出見朋友，沒有人不把他看作成年人，可在你面前，他是個永遠的男孩和永遠的少年。他似乎從來不會主動想起你，當你想起他，等他回電話和短信只會等到臉如死灰，心都碎了。

當你想要個擁抱的時候，他卻在一邊逗你。當你想找個肩膀哭的時候，他卻挨在你大腿上看球賽。你說你走吧你去玩吧，他真的走了。當你最需要他的時候，他總是不在你身邊。當你病了，他說那你歇歇吧，我自個兒去玩了。多大的事兒，你自己扛就好。他的字典裡，從來就沒有「責任感」，只有「不長大」三個字。

你想要的安全感，他永遠給不了你。同學和朋友的兒子都長大了，他卻還是個孩子，你不知道還要多少年才可以把他帶大。

你一次又一次下定決心想要離開他，卻又捨不得，沒有了你，他好像活不下去了。你成天為他操心，他的那顆心你卻永遠抓不住，有時你禁不住想，他到底有沒有一顆心？

這樣苦苦愛著一個人，你卻也笑話自己。明明想找個避風港，卻不小心走進了遊樂園，一開始挺好玩的，玩著玩著就累了，一天，你跟他說，人還是要生活的啊，他卻抱怨你太現實。

兒時你想要當公主，而今竟成了母后，母儀天下，垂簾聽政，卻是個孤零零的母后，沒有一兵一卒，沒有一寸國土，更沒有三生三世花不完的國庫，只有一個還咬著奶嘴的小皇帝。

對愛情所有的憧憬，都生生地給他磨碎了。

愛是什麼，不就是陪伴？可這陪伴不光是肉體，也是靈魂的。靈魂的高度不一樣，早晚會累壞。

你以為和他一起會青春常駐，在他身邊，你卻只感到自己愈來愈老了。小孩子會長大，永遠的男孩卻不會。

男人說：「如果你以為男人會長大，是你太傻了，我們是永遠不會長大的。」

你知道男人不會真的長大，童心是難得的，洞察世事之後的那份天真更是難能可貴，可是，孩子也有好孩子、壞孩子、老小孩和小老孩，為什麼他偏偏是個老小孩呢？

男人大抵只有兩種：喜歡當爸爸和喜歡當兒子的；女人也一樣，一種喜歡當媽媽，一種喜歡當女兒。你是哪一種？別走了岔路，苦了自己。男人失去的是時間，你失去的卻是青春。

他曾是某個女人的兒子，到老了，即使頭髮都掉光了，也還是別人的兒子。你提早當了別人的媽媽，時光虛度，一天，若想回頭再當個女兒，也許已經太老了。

當我足夠好，或許就不會愛你了

當你愛一個人，而他不愛你，你也許會想：

「如果我變美一點、好一點、出色一點，他是不是就會愛我？」

可是，如果你變美一點、好一點、出色一點，你可能根本不會愛他。

假使我有那麼好，我為什麼要愛你？我沒那麼好的時候，你都沒看上我，等我變好了，我才不稀罕你。

有一個女孩子，曾經死死地愛著一個男人，可他不愛她，他只是一次又一次占她便宜。他知道無論他要她做什麼，她也會為他做；他知道，即使半夜三點鐘，外面颳著冷颼颼的風，他想找個人陪，只要一通電話，她會馬上飛奔到他身邊，幫他暖床，任他擺佈。她是可以呼之則來，揮之則去的。他愛的，是那些比她時髦、漂亮和聰慧的女人。

那時年輕，她以為自己永遠都比不上他愛的那些女人，在他面前，她只是一隻卑微的醜小鴨，時刻乞求他的愛。有時候，他對她還是不錯的，會陪她吃頓飯，會開車送她回家。當他需要的時候，他對她還是挺溫柔的，兩個人在床上溫存的那些時刻，她甚至相信，他也是愛她的，就像她愛他一樣。

誰會跟一個不愛的人睡啊？她終究太年輕，入世未深，太不瞭解男人。他不見得是個壞人，可是，他並沒有她以為的那麼好。他有多壞？大概也不算很壞吧？他只是不拒絕一個自動滾過來又自動滾回去的女人，他只是任意揮霍一個可憐女子對他的一往深情。

誰要你愛我呢？我都沒要你的愛，是你自願的。

當你做了那麼多，對方只說：「都是你自願的。」那一刻，你才發現所有的付出都被辜負了。

被愛的女人在那個愛她的男人面前可以任性，可以鬧情緒，可她在他面前從來不敢。當她需要的時候，他從來不在她身邊，即使她所有的陪伴都是免費的，他也從來不會送她一件小禮物，倒是她一直送他禮物。

那年聖誕，她一個人去紐約探望住在那邊的舊同學，兩個人在百貨公司買聖誕禮物時，她看到一個很漂亮的風景玻璃球。她蹲下來，眼睛定定地看著那個玻璃球，她好喜歡玻璃球裡的雪人和漫天飛舞的飄雪，覺得他也會喜歡。她心裡想，要是他願意放在床邊，那多好啊。

「賣好貴啊。」舊同學提醒她。

可她就是想送他這份禮物。

那個玻璃球比普通的玻璃球大很多，重甸甸的，又容易打碎，她不敢托運。擠在小小的經濟艙的座位裡，她一直把玻璃球放在大腿上，十幾個小時的飛行時間，下機時，她兩條腿都麻了。

然而，當她把禮物送他的時候，他竟連看都不看一眼，只說，他從來就不喜歡玻璃球。

她不知道是時差倒不過來，人崩潰了，還是終於心碎了，她頭一次對他發脾氣，也是最後一次。

許多年過去，她長大了，蛻變了，她變美，變得比以前好，她有自己的事業，有錢，也有愛她的人，這個人寵她、疼她、遷就她，而且比她曾經一廂情願愛著的那個男人優秀得多。

原來，她不是醜小鴨，她配得上一個更好的男人。當她需要的時候，他總是在她身邊，當外面颳著冷颼颼的風，他會提醒她多穿衣服。寒冷的冬夜，當她兩隻腳丫凍僵了，他會幫她暖腳。她送他的每一樣東西，他都會珍惜。

百轉千迴，每個人想要的，不過就是珍惜吧？

那年在紐約買的風景玻璃球一直放在她家裡，她始終喜歡這個玻璃球，有時候，她會定定地望著它，回想那時的自己。到頭來，她當時掏空口袋裡的錢買的這個玻璃球一點也不貴，它是她的救贖，她在玻璃球裡看出一廂情願的愛終歸沒有未來。

她那時為什麼苦苦地愛著那個不愛她的人？是太年輕了還是太沒自信？那就是青春吧？青春有多蠢，她就有多蠢。

他是她年少無知所犯的最愚蠢的錯誤。

那時候，她常常苦澀地想，她要有多好，才配得上他的愛？她要有多優秀，他才會愛上她？

這麼想有多傻啊？與其卑微地乞求一個男人的愛，不如自個兒活得好。當我足夠好，我都不愛你了，我也不愛一個不愛我的人。

有人牽掛，就是幸福

父親和母親都是少小離家的人，兩個人在香港這個小島相遇、終老、相繼離去。父親的故鄉在廣東開平，母親是安徽人，家在婺源，她離鄉的時候，婺源還是屬於安徽省的，後來才歸入江西。我不知道她算是安徽人還是江西人，不過她似乎一直認為自己是安徽人，喜歡安徽的一切，也愛聽黃梅戲。那時她和舅母，還有大表姐，每次結伴回安徽探親都興奮得徹夜無眠，如今，這三個人都不在了。

我兒時到底有沒有吃過安徽菜，我已經想不起來了，假如有的話，也是在舅父和舅母家裡，母親早已被父親同化，只會做廣東菜，舅母做的菜倒是像家鄉菜，跟我平日在家裡吃的很不一樣，而且他們一家和我媽媽都很能吃辣，也很愛吃豬肉，尤其是肥肉。我的口味倒是跟了我爸爸，不愛吃肥肉，也不能吃辣。

父親九歲離家，對故鄉的記憶比較模糊，而且是愈老愈模糊，也愈離奇。小時聽他說起故鄉的種種，都是圍繞著祖父的，祖父是私塾老師，據說生前吝嗇成性，一個鹹蛋要切成四塊，分開四天吃。一個鹹蛋分開四天吃，這個我還能想像，一小塊鹹蛋可以用來下飯或者拌粥。可是，父親後來又說，祖父就連一顆豆豉也要分開四天吃。一顆豆豉怎麼可能切成四顆，每天吃四分之一顆呢？父親記憶中的故鄉的豆豉應該是巨型的吧？

這些年，我去過很多地方，北京、西安、上海、雲南、廣西、成都、蘭州、南昌、佛山、深圳、珠海……可就是沒去過開平和婺源，而今父母都不在了，我也許更沒機會去。

我們都是無根的一代，尤其是在香港土生土長的人，只有籍貫，沒有故鄉，不像我的臺灣朋友，過年可以回去宜蘭，回去臺南，回去花蓮和臺東，也不像我內地的朋友，春節可以回老家過年。雖然路途遙遠勞累，那畢竟是自己出生和長大的地方，回去就可以吃到想念很久的家鄉菜，也可以看看兒時讀書的學校和小時候爬過的那棵樹。對了，小時覺得很高的那棵樹，現在怎麼變矮了呢？是一直都這麼矮的嗎？

當一代一代的人都在城市裡出生，春節回家過年的習慣也會慢慢改變吧？然後，回家過年變成了外出避年，日本、韓國、泰國、美國、歐洲、大洋洲、南非和北非、大溪地……滿世界地跑。跟回家過年相反，去的時候帶著一個沒裝滿的行李箱，回來的時候帶著大包小包，箱子也裝滿了。

漸漸地，年味不一定是回鄉過年，而是跟家人和愛的人一起過。從前，回鄉是回家，今後，回家就是回鄉，只是，故鄉不在遠方，而在身邊、在心裡，有親人和愛人的地方就是家。

一代人有一代人的記憶，韓少功在《馬橋詞典》裡寫道，他下鄉當知青的那些日子，最渴望的就是下雨，只要下雨，大家都可以放下田裡沉重的工作，躲到雨棚下避雨和休息。他對雨的回憶是幸福的，可是，他在城裡出生和長大的十多歲的女兒，跟他相反，完全無法理解父親為什麼喜歡雨。她最討厭下雨，下雨就意味著許多有趣的戶外活動都得取消，而雨，卻是她父親的青春。

回家過年，也是一代人跟一代人不一樣吧？孩子跟父母的故鄉素未謀面，應該無法理解那份感情，只能想像，下一代和再下一代，連想像都不可能了。而今回家過年是愈來愈簡單了，年夜飯也不敢吃太多，怕吃胖了要減，真是悔不當初。

過年的意義應該是團聚和團圓吧？一家子，只要能相聚就是團圓，有家人的地方才算是家，有家可以回去的人都是幸福的。

為什麼浪蕩的人最終還是想要有個家？為什麼不相信愛情的人最後還是走進婚姻裡，管它以後會不會是個錯誤？人生總有一些時刻，無所謂理智或不理智，你說不出地想家，或者想要一個家。

有些人在家裡得不到愛，跑很遠去找，有時找到，有時找不到；有些人是受傷之後才明白毫無條件的愛只能在家裡，離家遠了，才知道家裡的好。

有些人一生都在修補童年的傷口；另一些人，一生都想要複製一個像自己家那麼好的家。

人最早的愛和恨、最早的哭泣和歡笑、最初的幸福和不幸福，不都來自家庭嗎？家是受傷的地方，也是療傷的地方；家是愛和痛；家是年少也年老。今年回家過年的、沒回家過年的、不能回家過年的，大年夜，祝福你平安喜樂，團團圓圓。無論你在哪裡，無論你跟誰一起過，心安就是歸鄉，有人牽掛和被人牽掛的，都是幸福。

我再也不會活得像你，再也不會

過年前的一天，聽到一對漂亮的少男少女說話，少女問少男：「新年你會怎麼過？」少男回答說：「都是酒池肉林之類吧。」

「呃？酒池肉林？哈哈哈哈……」少女聽完捧著肚子咯咯大笑起來，少男也得意地揚起嘴角笑笑。

年輕多好啊！過節都是跟一大夥朋友吃喝玩樂。我們不都有過酒池肉林的歲月嗎？直到後來的一天，朋友說：「過年來我家開派對吧，有很多好吃的，有烤排骨、燒牛肉、肥鵝肝、法國黃油雞、披薩、義大利麵，噢，還有巧克力蛋糕，我自己做的冰淇淋和很多好酒。」你沒有一邊聽一邊吞口水，而是想到那天將會無休止地吃喝，第二天又後悔自己吃太多和喝太多，酒喝多了老得特別快啊，於是，你明白自己還是應該找個藉口別去。

曾經那麼渴望朋友們都喜歡你，都來找你玩，後來只想一個人或者兩口子靜靜地過；曾經那麼愛熱鬧，後來卻嚮往安靜，原來是老了。

十八歲的時候，你覺得自己老了，比十七歲老得多了。到了二十五歲，你覺得自己比十八歲老太多了，你壓根兒無法想像怎麼能夠活到三十歲，可是，一不小心，竟然三十五了，這一年的新年，在朋友家的派對上，依然酒池肉林，只是，酒池是面前堆積如山的酒瓶，肉林是你自己。

人為什麼要老啊？是為了離開還是為了要好好活過？
無論過得好不好，時間也會如飛似逝，我們就是這樣慢慢變老的。
過去的無法改變，未來還可以努力。何苦活在過往的憂傷和懊悔與未知的恐懼之中呢？活好現在，也就等於修正了過去，也等於活好了未來。時間從不為任何人停留，美好的回憶卻會永留心中，直到時間盡頭。

時間的盡頭在哪裡？傳說中的世界盡頭，有人說是火地島，也有人說是吉里巴斯，可是，從來沒有人告訴我們，時間的盡頭在哪兒。

時間的盡頭也許無須長途跋涉，它不在天涯海角，不必翻山越嶺，它不在苦寒之地，也不在遙遠而荒涼的小國，它一直都在我和你心裡。

什麼時候你覺得時間好像靜止了？是極愛一個人的時候還是極恨一個人的時候？
哪一刻你覺得時間已經到盡頭了？是終於不愛的時候還是放棄一切希望的時候？
抑或，時間無所謂盡頭，只是，你會在某一天退下來。

愛或不愛，都過去了，留下愛的，並肩前行吧。於此漫漫蒼穹，苦苦俗世，我們想要的，常常是一種依歸，人總害怕孤單和寂寞，也害怕未知的將來，依歸在哪兒？在彼岸還是在心裡？我們嚮往溫暖，是否因為活在世上難免孤獨？

可是，有那麼一刻，你不無感傷地發現，愛情或許只是一個嗜好罷了，人生是否應該有一些更好，而且不會辜負你，不會害你家財散盡，也不會讓你傷心欲絕的嗜好？

若有，很好；沒有，那就繼續努力吧。

崩潰，癒合，崩潰，又癒合，再努力活得比昨天好，然後漸漸變老，這就是我們的生活吧？

無論你過得好不好，時間也會過去，把微笑和眼淚都留給昨天好了，反正也帶不走。

為了遇見生命中的美好時光和生活裡各種小滋小味，咱們得好好地活著，幸福地活著。

誰沒做過幾件蠢事？誰沒愛過錯的人？曾經的天真和膚淺，就像所有的挫敗和受傷，只是人生的一個過程，都留給過去吧。破繭成蝶，浴火鳳凰，總有一天，你可以微笑回首，跟從前最糟糕的那個你說：「我再也不會活得像你，再也不會。」

愛過的人、恨過的人、傷痛的離別、那些流過的熱淚，都讓風把它統統吹散吧，我會活得比昨天好，活得聰明些，也漂亮些。只有活得好，所有眼淚才值得；只有活得好，離開的時候，我才敢說我還好，我總算沒有虛度。

你必須是陪我一路走到底的那個人

假如此刻有人問你：「那一年的情人節你是怎麼過的？」你想起的會是哪一年？那年那天，你跟誰一起過？是單著還是雙著？是笑還是哭？

只有當你正在熱戀，情人節才會特別有意思吧？兩個人相愛，每天都是情人節。形單影隻，情人節只是徒添傷感。要是你剛剛失戀，情人節這一天，你只想把周圍那些一雙一對的人一個個幹掉，為這個社會除害。

我過的情人節夠多了，多得我都想不起哪一年的情人節最甜蜜或者最寂寞，日子漫長，到頭來，都不過是似水流年。你曾經那麼在乎他這一天在不在你身邊，會不會陪你一起過，後來的後來，你都無所謂了。

何必苦苦抓住這一天呢？

我那個許多年沒談過戀愛的好朋友前幾天跟我說，她已經完全忘記了戀愛的感覺。我聽著不無感傷，我是那麼希望她幸福，希望有個人照顧她，可她倒是十分豁達，也許真的是習慣了。

都說愛情是一種習慣，後來才明白，一個人過日子，也是一種習慣。

我想起青春年少的時候，我和她有個朋友很愛研究命理，他常常拿著我倆的命盤為我們算命，他說我命裡桃花很多，逗得我不知多麼高興，天天盼著我的桃花大駕光臨。我的好朋友那時剛失戀，他看了又看她的命盤，說她這輩子的桃花已經用完，將會孤獨終老。她聽完如青天霹靂，哭了又哭，每次想起也還是很傷心。幸好那時年輕，算命的事很快就忘了。

那麼多年過去，我很少去算命，可而今想起來，那個愛研究命理的朋友的確是個世外高人，只是，話也說得太盡了，傷了一個女孩的心。

桃花真的會用完嗎？抑或有些根本從未開花？人面桃花，桃花指的應該是所有美好的東西吧？命裡的桃花，難道不可以自己送自己嗎？就像自己什麼時候都可以送一束玫瑰給自己。巴黎街頭一年四季常常看到的一幕熟悉的風景，就是一個女子一隻手拿著花，另一隻手拿著一條熱烘烘的法國長棍麵包，輕快地走在路上。

假如這天剛好是情人節，這些拿著花和麵包的巴黎女子會不會停留在路過的一家內衣店外面，被櫥窗裡那些豔紅的、黑的、紫羅蘭色的蕾絲胸罩吸引著，走進去買一套性感的內衣給自己？又或者，她會不會在路過一家小酒舖時給自己買一瓶冰凍的粉紅香檳？

桃花依舊，日子卻可以過得不一樣。即使單身，也可以豔如桃李，帶著微笑，或者微醺，等待愛情，或者等待最美好的自己。

沒有愛情我們到底能不能活得很瀟灑？人往往因為愛情而活得很不瀟灑。有愛情的時候，不瀟灑就不瀟灑吧，人生的一切，不都是等價交換嗎？沒有愛情的時候，就好好享受那些瀟灑和自由的日子吧。

可是，單身的情人節，你也許還是會禁不住在心裡問自己，那個對的人什麼時候才會出現？真的會出現嗎？

說要等「對的人」的時候，自己可能也不知道怎樣才是對的人，只有當那個人出現，你才會知道，他應該就是那個對的人，他在你生命裡出現，是為了圓滿你，也讓你完善自己。所有你愛過的那些錯的人，雖不圓滿你，卻也完善了你；他是你的磨難，卻也是你的磨煉。

這一生，你遇到的磨難都是磨煉，你長大就好，你變強大就好。幸福是遇到對的人，幸福也是成為對的人。對的你，就是最優秀的你。

我們早知道不是每一段愛情都有圓滿的結局，可我們還是會期待愛情，就像你知道花會開，花也會落，但你下一次還是會買花。有些人離開，是因為時間到了；有些人還沒出現，是因為時間還沒到。

聚散有時，哀樂有時，在孤單與等待的漫長日子，學會過自己的生活吧。為了那個將會遇到的人，你要把自己養得更可愛。

當你變可愛，誰都想愛你。當你足夠幸運，一生裡雙著的時候總會比單著的時候多。

一個人是單著的時候任性些，還是有人愛著的時候任性些？都說被人寵著愛著的時候可以任性，可是，當你習慣了一個人，喜歡去哪裡都可以，喜歡做什麼都可以，不必時時刻刻考慮和遷就身邊的人，雖然孤單卻也許更任性。

任性有時多麼像撒嬌？被愛的任性，是對那個愛我的人撒嬌；孤單的任性，不過就是我對自己撒嬌。

對自己撒嬌，從來不會肉麻，反倒是一種境界，你可以說，你選擇孤單、選擇放逐，都是在跟自己撒嬌。當你懂得愛自己，也就永遠不會失戀。

只要不在乎什麼節日，人生可以過得輕鬆很多。節日的時候，你總想跟別人過得一樣，又想跟別人過得不一樣，是這樣的矛盾和渴求變成你的苦惱。

無論你信仰什麼，於此漫漫蒼穹，我們想要的，常常是一種依歸，我們都想在節日裡團聚和尋找溫暖。依歸在哪兒？溫暖又在哪兒？在彼岸還是在心裡？我們嚮往溫暖，是否因為活在世上難免孤單？

可笑的是，人往往在節日裡最容易感到孤單。

我們嚮往轟烈而害怕平淡，可是，誰受得住天天轟烈？天天轟烈，沒多久應該就會累死了。只有平淡最真。我們需要的也許只是小小的轟烈、小小的任性、小小的浪漫和長久的溫暖。

有個人形影相伴當然是幸福的，沒有的話，那就暫時跟自己做伴吧，只要有麵包和鮮花就好，只要買得起蕾絲內衣和粉紅香檳就好。

唯有過好一個人的日子，才可以過好兩個人的日子；然而，當你過好一個人的日子，也就不容易接受一個不夠好的人。我一個人活得好好的，你又何必來打擾我？你既然打擾了我，你得對我非常好，你必須是陪我一路走到底的那個人。

你必須是。

無所謂忘記
只是放下了
當你老了，很多事都忘記了
但你還是會記得
很久很久以前
你曾經這樣愛過一個人

從今以後，活成更好的自己

都說時間是魔法，分開以後，為什麼想念卻與日俱增，始終未能忘記？是因為時間不夠長吧？

時間是魔法，可你還是得給時間一點時間。

要是時間不夠長，新歡也是好的。

要是新歡不夠好，那你就學著自愛，離開以後，好好生活吧。

只有當你活得好，你才可以放下。要是活不好，你會死死地抓住那些早已經消逝、不再屬於你的東西來折磨自己。

誰都可以沒有誰，人生不會因此就完了，路還是要走下去的。怎樣走下去，是縈繞心頭，念念不忘，還是放下自在？是你自己可以決定的。

「念念不忘，終有迴響」終究只是電影故事，現實生活並非如此。現實中的念念不忘，不見得一定得把那個人沉沉地壓在心頭，壓垮自己。

就算念念不忘，也並不是不能放下的。

彼此深愛過，因為種種原因，沒能一起走到最後，從今以後，無論是一個人走，還是跟另一個人繼續走下去，你也要活成更好的自己。那麼，有一天，當你再見到他，你可以挺直腰板，臉帶微笑，讓他知道，你活得很好，你活出了最好的樣子。

每一段美好的愛情都是養分，縱使分離，也會在餘生滋養你。

每一個曾是對的人，即使最後沒能走到一起，他也把你變好了一點點。你深深知道，假如從來沒有遇過他，你是沒那麼好的。

愛情總是會變的，或者變得更甜，也或者變苦了，變壞了，變得沒有味道了。變成什麼樣子，不到後來，我們無從知道。我們唯一可以做的，是擁有的時候傾心付出。

我是如此愛過你，分開了，無法坦然放下，但我會試著放下，把你放在想念裡，讓時間把我對你的想念藏在我心裡最裡面的一個角落，藏得深一些，再深一些，生活繼續，總是可以慢慢放下的。

如若再見，你會看到我溫暖的微笑，而非如同陌路。你在我生命裡，終究是跟別人不一樣的，是無可取代的。

離開以後，長路漫漫，走著走著，春去秋來，人生幾度寒暑，漸漸老啦，放下你了，但從未忘記。

離開任何人，你也依然可以幸福

那時我約莫七到八歲，蓄著一頭像小男生的齊耳短髮，一個人在家裡玩，我對著鏡子別了滿頭的髮夾，愈看愈覺得自己真是好看。這時，爸爸回來了，看了看我，笑笑問我：「帶你去看電影好嗎？」

我興奮地說：「好啊！」

然後，我的爸爸很幽默地說：「但你可不可以首先把頭上的髮夾拿掉？」

時隔多年，爸爸也不在了，可這一幕一直在我回憶裡，也將陪伴我到最後，到了那一天，我早已滿頭花白。

每個女孩是否都曾經是個臭美的小孩？偷偷擦上紅紅的指甲油，穿上媽媽的高跟鞋，自個兒對著鏡子老成地裝模作樣？那時候，若有一個大人誇你漂亮，你會羞怯地投給他一個微笑，以後也會特別喜歡這個大人。

童年的臭美是跟自己玩的遊戲，長大以後，當我們愛上一個人，臭美不再是自己跟自己玩的遊戲，而是對某個人撒嬌，可是，男人在這方面從來不是一個很好的對手。

每個戀愛中的女人都有過這些時刻吧？那天燙了頭髮，或者穿上一條新買的裙子，覺得自己特別好看，心裡想：「等下他見到我，肯定會說我漂亮。」

可是，飯都吃到一半了，他竟好像沒看出你跟平日不一樣，你終於按捺不住問他：「你有沒有發現我今天有什麼不同？」

他果然沒發現，那一刻，你要不是想哭就是想拿起面前的飯碗砸他的頭。

大部分男人都是這樣的吧？發現女朋友今天跟昨天有什麼不一樣，從來就不是他們的專長。

不止一次，你悉心打扮之後跑去見他，只想聽他說：「你今天很好看。」可他根本看不出來。你自個兒沮喪，自個兒生氣，甚至抱怨他不像從前那麼愛你了，竟沒留意你身上那一點兒的變化。

愛情曾經是那麼單純、傻氣又執著，只是，後來我們都長大了。

明知道男人從來都看不出女人身上那些微小的變化，他們就連身邊的人整了容也看不出來，漸漸地，你看開了，不會再期待他發現你今天染了頭髮或者換了眼影的顏色，你也懶得問他了。一旦過了三十歲，你的臭美又變成自個兒的遊戲。

然後有一天，你突然明白，愛情有時候也是一個人自己跟自己玩的遊戲，你忙著臭美，他卻沒看到你有多美。

我們終究會為自己而活，然而，在為自己而活之前，我多想為愛情，也為我所愛的人而活？

只是，時間和經歷會讓你明白，幸福是自己的，有可以愛的人是幸福，被愛是幸福，然而，離開任何人，你也依然可以幸福。

如果不幸福，並不是因為那個人不再愛你，而是他離開以後你再也不知道怎樣愛自己。

青春是什麼？青春可忙了，忙著做夢，忙著犯錯，忙著哀愁，忙著愛上錯的人。可是，誰沒做過幾件錯事啊？過去不留，也留不住，人生是要一份瀟灑，原諒自己，也原諒別人，臉帶微笑前行。

直到一天，當別人說你看起來總是那麼平靜與淡然，只有你自己心裡知道，而今的平靜與淡然是用多少眼淚學回來的；此時此刻的波瀾不驚，又是曾被多少波瀾幾乎淹沒過。

生命中所有的挫折、傷痛和錯誤，所有的經歷，都是為了造就你和鍛煉你。歲月看似殘忍，它卻也溫柔了你，當青春在手的時候，你絕不可能擁有這份平靜與淡然。

每個曾被父母寵愛著的自戀的小女孩也會老去，長大和老去的路上，多少心碎的時刻？多少破碎了的自信、自尊、希望和夢想？誰又是完整的？過去那個愚蠢、天真、膚淺和不好的自己只是人生的一段過程，那就留給那段過去吧。我們從來沒想過要成為一個怎樣的人，走著走著就走出了現在這個模樣。

破繭成蝶、浴火鳳凰，總有一天，你會對著往事微笑，跟從前的那個你說：「我再也不會活得像你。」

我會活得比你好。

人生不過就是以最好的姿態回去。歸途上，若有陪伴，當然是幸福的；假若沒有，一個人也可以幸福。

當你失望、當你受傷、當你心碎的時候，你低著頭落寞地走在路上，這世界好像只有黑、白和灰色。然而，走著走著，當你願意抬起頭，顏色也漸漸多了。當你微笑，天色更亮了，你身上的衣服也從黑、白和灰色變成了鮮豔的顏色，這時，小花兒紛紛從天空中落下，落在你頭髮裡，落在你肩膀上，落在你眼睛前方，黃的、青的、綠的，萬紫千紅，你看出了這就是人生。

當漫天的小花兒緩緩飄落在你腳邊，你終於懂得淡定過日子了。陰晴圓缺，花開花謝，時光雖短，卻也足夠讓你把曾經的苦澀和眼淚化為微笑。

要是沒有嫁給你

總會有一個、幾個，甚至千百個男人，你認識或是不認識的，是同學、朋友或是朋友的另一半，你心裡想：「要是嫁給他，我寧可孤獨終老。」只有一個人，你心裡想：「要是沒有嫁給他，我寧可孤獨終老。」

可是，後來的後來呢？你沒有嫁給你打心底裡瞧不起和無法愛上的那些男人，但你也沒嫁給你曾經跟自己說要是沒有嫁給他，你寧可孤獨終老的那個人。

單戀也好，相戀也好，終於還是撤了、分了，你嫁給另一個人，或者一個人過日子。誰也可以沒有誰，這句話聽起來多麼苦澀？卻比許多甜蜜的情話真實而恒久。說過只肯嫁的那個人，最終只是茫茫人海中的某個人。

當時不管是兩相情願抑或自個兒想得美，都過去了，可那又有什麼關係呢？生活還是要繼續。我們不再相愛、相愛卻沒能一起，又或者是你不愛我也好，都什麼時代了，誰會為一個人獨身終老？如果獨身，也不是刻意的，只是偶然。

曾經那樣死死地愛著一個人，願意傾盡所有去換他的愛，甚至為他生兒育女，一切世俗的東西都可以不要，只要在一起就好，後來卻變了。人總是會變的呀！所有的執迷終成往事，所有的心碎也會過去，擦乾眼淚，走出那一步，才知道世界很大，生命很短，要是沒有嫁給你，那是另一個我、另一種人生，那我就安然接受，盡量走漂亮些吧。

曾經那麼執拗地想嫁給一個人，是當時年少還是愛瘋了？就像小女孩說長大後誰也不嫁，要嫁給爸爸，等她長大了，她嫁的是另一個人，像她爸爸，或者完全不像。愛一個人愛到想嫁給他的那一刻，將永遠留在記憶裡。當你老了，想起當時年少的迷戀愛情的自己，你會瞇著眼睛微笑回首，那個你曾想和他永遠過下去的人，也已經如你般年老啦，沒有嫁給他，誰知道是幸福還是不幸福？

多少人，留在了回憶裡，卻沒能留在生活裡，不相守，就相忘吧。各自上路，一個人、兩口子或是一家子，各自精采，拐一個彎，人生自有另一番際遇。許多人的問題是總想勉強，勉強不了別人也要勉強自己。結不成的婚不一定就不幸福，結得成的也不見得從此江湖終老。

有的人，永遠不只是路人，卻沒能留下；有的愛，終歸會散場。花開了，花也會落，不過就是這麼一回事，誰還會說「我再也不會這麼愛一個人了」呢？你離開以後，我多希望能夠再這麼愛一個人，就像我曾那樣愛你。燈火闌珊處，總有太多的可惜，人卻不能因為沒有了誰就沒有了自己。你曾如此愛我，我們都幸福就好。

你不要一直等，等成一條狗

分手已經七年，他一直等她回去。雖然早就不愛他，也沒打算回去，可每次提起這個癡心一片的前男友，她總會略微得意地說：「哎，這麼多年了，他還在等我，太傻了。」這句話她說了整整九年，卻沒能再說下去，到了第九年，他愛上了別人，他不等了。

當他等的時候，她總是叫他別等，叫他去愛別人；當他真的去愛別人，她卻恨死他了。到頭來，是誰太傻？她竟以為他會永遠等她。

你都不愛他了，他為什麼要等？他曾是如此渴望你，可是，多少個夜晚，當他孤單，當他寂寞，當他痛苦的時候，他心裡也是希望可以愛上別人的。誰會永遠等一個人？不過是還愛罷了，不過是遇不到另一個人罷了。

說穿了，有多少人是一邊等一邊找？他找到的時候，你還不過來，他就不等了；你過來，他也不一定還愛你。一個人的等待，等的不過是自己的死心，哪天死心了，哪天就自由了。

是誰在等？等什麼呢？等他愛你，等他終於知道你的好，等他回心轉意，等他改過，等他變好……所有這些等待，也會有失去耐性的一天。等待是一個人的苦苦勾留，無非是等自己鼓起勇氣轉身離開。

你知道他會來，你才會等，哪個傻瓜會等一個不會回來的人？除非，除他以外，你再也沒有別的選擇。

誰會等一列不會到站的列車？等的時候，是以為列車會來的，等著等著才知道車不會來。你默默再坐一會兒，心裡想著會不會有奇蹟？然後你知道再無可能。起風了，冷颼颼的，你跟自己說：

「還是回去吧。」

多少等待，曾經飽含希望？多少離去，是漸漸沒那麼愛了，可以等，也可以不等，都無所謂了，不執著了；然後你告訴自己，以後再也不要等一個人了，沒意思。

當你孤零零從車站走出來，抬頭看到那片沒有星星的夜空，你突然就明白，有些等待是甜的，有些等待是苦的，有些等待患得患失，有些等待默然無語，有些等待永無盡期，有些等待是煎熬和折磨。人生有各樣的等待，卻不見得所有的等待也有歸期。我愛你都愛到這麼不自愛了，你若珍惜，我何須再等？你若不珍惜，我又何必再等？

曾經堅持的等待，不過是渴望他的稀罕，我用青春等你哦，你驀然回首的那一刻，我在，那多好啊！感動吧你？我都被我自己感動到淚流滿面了，可偏偏有那麼一個人，他就是不感動，就是不稀罕，那你還等什麼呢？一意孤行的等待，說得好聽是痴情，說得難聽是死皮賴臉。趁青春正好，不如歸去。

那些沒有應答的等待，總會隨著時日變淡，痴心總有無以為繼的一天，然後就夢醒了。有時候，是你把單相思看得太神聖，忘了我們都是血肉之軀。

當你等一個人的時候，你是希望有一天他會和你在一起，而這一天不會很遠。毫無希望的等待，只是一個人的徘徊不去。你執意要等，可他在意嗎？他珍惜嗎？他知道嗎？他有讓你等嗎？他都沒要你等，是你自作多情罷了。日子漫長，青春虛度，大好一個人，都等成一條狗了，再等下去難道會變成神犬嗎？走吧，有些等待，只是一廂情願。燈火已闌珊，歸途上，只有你自己，人家都沒留你吃飯，再不回去就晚了。

過了冬天，我就不愛你啦

你問：「人為什麼在夜晚變得格外脆弱？」

因為夜晚太黑暗，太漫長啊。北歐偏高的自殺率據說就是因為冬天的日照太短，夜晚太長。不單是夜晚，人在冬天不也是格外脆弱嗎？冬天的夜晚也因此特別難熬，特別感傷，分手，最好還是不要在冬天。

冬天的節日太多了，聖誕節、新年、除夕，接下來還有情人節，會寂寞啊。而且，冬天冷啊，多麼需要有個人幫你暖手暖腳，陪你吃火鍋，多麼需要有個人和你一起把去年的棉被翻出來在床上鋪好準備過冬，又多麼需要有個人肉暖爐，讓你把凍僵了的腳丫架在他肚子上取暖。

假如真的要分手，我和你先去吃一頓火鍋吧，吃完火鍋再分手，各自上路，以後就別再見了，總會遇到更合適的人。可是，吃完火鍋，明天又想吃涮羊肉，涮羊肉這東西怎麼能夠一個人去吃呢？在喧鬧的館子裡孤零零地吃著涮羊肉，那場面多可憐。

想知道一對男女的關係發展到什麼階段，只要看看他們在外面吃什麼就明白了。日本人說，一對男女一起吃烤肉，可能已經上過床了，因為吃烤肉不浪漫啊。依我看來，在咱們這邊，一對男女一起吃火鍋，可能不止上過一次床了。吃火鍋多忙亂啊，熱騰騰的，擦好的口紅早已經脫色，眼線融了，眼睛變成熊貓眼，臉上的粉也掉了，這都不怕讓你看見，足以證明你已經是我的了。能夠一起吃火鍋，就是彼此認定了。可是，有些火鍋，也許是最後一次。

長年在苦寒之地生活的人，像愛斯基摩人或者俄羅斯人，他們強悍，因為他們不得不強悍。在那裡的嚴冬，一不強悍就會垮掉，可是，我們一旦在這裡享受過暖和的春夏，就不想在冬天強悍。這麼強悍是為了什麼？強悍多累啊。雖然從來不是小鳥依人，冬天裡，總想躲在某個人的臂彎裡，總想有個人把我冷冰冰的手放到他大衣的口袋裡暖著。

人為什麼要相愛？因為要一起過冬啊。如果可以選擇，誰願意變成一根冰柱？

北風呼呼的那個冬天的午後，戴著毛帽子，穿著臃腫的羽絨服在路邊蹭著腳吃冰淇淋，多麼變態啊，可是，你會懷念那個陪你一起變態的人。我少女時代最要好的一個朋友曾經陪我做過這事，可我們已經很多年沒見，即使再見，也沒有很多話說。

陪我這麼做的戀人也是有的，可惜，我們都老起來啦。

過了冬天再分手，到了二十六歲得結婚，二十八歲前得把自己嫁出去，嫁給誰都好，好歹也要嫁一次，到了三十歲，我就不愛你啦……我們總是在心中給自己許多期許與期限，好像到時候真的做得到似的。

心中的期限是一回事，現實的期限又是另一回事，曾經夢想二十六歲結婚，可是，二十六歲這一年依然單著。曾經希望二十八歲前把自己嫁出去，可是，他不想結婚，不結婚真的就分手嗎？

曾經咬著牙跟自己說過三十歲要離開他，因為他給不了任何承諾，他已經是別人的了，趁青春還好，轉身離開吧。可是，一直蹉跎到三十五歲了還沒走成，誰讓我愛你呢？眼看不年輕了，再不走也許就找不到愛我的人了，卻始終捨不得。

聖嬰現象作怪，今年夏天極熱，據說冬天會極寒，想起都覺得冷呢，準備好羽絨服、秋褲和保暖襪，卻沒準備好一個人過冬，也不想這麼準備。分手這事，還是先拖著吧，何況，你比我胖，你脂肪厚，拿來過冬挺好的。

愛你？不愛你？這一刻、這個冬天，我都無法回答我自己，等過了冬天，我會知道。

到底要不要離開你？女人的青春跟男人的青春不一樣，我們的青春短暫些，甚至虛妄些，彈指之間，像做夢一樣，一覺醒來就老了，等過了冬天再決定吧。這個冬天太冷了，我決不離開你。

冬天可以一起做的事多著呢。冬至跟家裡人吃飯，聖誕節出門去玩，年末的倒數派對，豐盛的年夜飯，元宵節的芝麻湯圓，情人節的燭光晚餐……再怎麼糟糕的另一半，這時節，也許還是有些優點；再怎麼破碎的關係，也都沒關係了，只要在一起就好。

你有多好，我已經說不出來，你有多壞，我是知道的，日子有限，青春的季節所剩不多，我只想以後好好做人，好好做一個幸福的女人，既然得不到承諾，既然沒有結果，過了冬天，我就不愛你啦。

若終有離別，願你安好

現實生活中，我們不會說著話突然就載歌載舞，《樂來越愛你》（La La Land）這部歌舞片從一開始就告訴你，一切都是個夢，那你就以夢樣的心情去看戲裡的相遇、相愛、重逢和夢想吧。

在華納片場咖啡店打工的蜜雅和鋼琴師賽巴斯汀，一個愛演戲，夢想成為演員，一個沉迷爵士樂，想要開一家爵士樂俱樂部，這兩個人相愛的時候也正是他們人生最失意的時候，他們彼此欣賞，互相鼓勵，在追逐夢想的路上相依相伴。

賽巴斯汀為了讓蜜雅過上穩定的生活而背叛了自己的意願，加入一支流行爵士樂隊到處演出，錢是賺到了，卻與蜜雅聚少離多，更被蜜雅責怪他放棄夢想。蜜雅終於有機會擔演一部電影的女主角，卻因為害怕再一次失望而拒絕去試鏡，賽巴斯汀幾乎是逼著她去試鏡。這次試鏡，也成了蜜雅人生的轉捩點。

蜜雅的新片要到巴黎拍攝，那天晚上，兩個人窩在家裡，賽巴斯汀對蜜雅說：「當你到了巴黎，演完這部戲，你會成名，當你成名了，你會遇到別的人。」

這麼說的時候，賽巴斯汀臉上始終帶著微笑、愛和瞭解。蜜雅並沒有反駁，她沒有說：「不，我不會愛上別人。」

多麼瀟脫的一個男人！連異地戀都不需要了，既然已經可以預見人生的軌跡不會一樣，又何必拖拉？我對你只有祝福。

La La Land原意解作沉醉在自己的世界裡，我們大多數人不都沉醉在自己的世界裡嗎？分別只是有些人沉醉到最後都沒醒來，有些人醒過來了。是沉醉到最後的人幸福一些，還是醒過來的人幸福一些？誰又知道呢。

La La Land讓我不期然想到了Neverland，只要到達這片永無鄉，彼得．潘和所有人也就永遠不用長大，永遠年少，永遠可以逃避生活的責任和枷鎖。

這片Neverland不也是La La Land嗎？無論Neverland是喚作永無鄉、烏有之鄉還是虛幻鄉，在這裡，你將是永遠的童年，或者少年，將永遠沉醉在自己的世界裡。在這裡，我們也不會因為人生的軌跡不一樣而跟所愛的人各奔東西。

我們不都是這樣嗎？雙腳明明踩在現實世界裡，卻又夢遊在自己建構的另一個世界裡，另一個世界雖然幸福，卻也許遙遠而荒涼，像他鄉；他鄉也是夢鄉。可要是沒有了那片遙遠而荒涼的他鄉，我們在現實生活裡行走將會多麼疲累與孤寂？

多年以後，蜜雅名成利就，嫁了個事業有成的老公，生了個女兒，這天晚上，夫妻倆無意中走進一家熱鬧的爵士樂俱樂部，老闆竟然就是賽巴斯汀。他在臺上，她在臺下，時隔經年，兩個人都圓夢了，卻也已經不在一起。

現實裡的重逢應該粗糙很多吧？唯有在夢鄉，或者La La Land，重逢才會如許詩意。

假如當初沒有分開，我的人生是否依然如此？是快樂些還是不快樂？為什麼沒有在一起？是不是我走太遠了？

我們不都幻想過另一種人生嗎？嫁給你，或者沒有嫁給你，會是多麼不一樣？只是，我們終歸只能過一種人生，跟一個人終老。另一種人生，在心裡，卻也在他方；虛幻，也烏有。

若我會見到你，時隔經年，我如何和你招呼？以眼淚，以沉默。——拜倫《春逝》。

也或許，以複雜的微笑。

這一生，有的人陪你走一段路，唯有一個人，陪你一路走到最後。陪你一路走到最後的那個人是否最愛？抑或他是最合適？嫁給最愛或者嫁給最合適的那個人，兩種人生到底有多麼不同？到頭來，只能夠留給想像。

一天，當你老了，漸漸就明白，人這輩子看起來彷彿都在他鄉，一切都像夢。相遇、相愛、相知，未必相伴到老。

若有重逢，唯願是一場美夢。

若有離別，我們各安天涯，年年月月，願你安好。

要是你不能使我幸福，那就不必將就

這些年，你有沒有曾經想過對身邊那個人說「我愛你，到此為止」？可你終究還是沒有把話說出口。為什麼沒說？也許是不忍心，也許是捨不得，也許還是愛，只是有時覺得累了，累得不想再愛任何人，再也沒有力氣去愛人，再也不相信愛情了。

你在心裡跟自己說：「為什麼要去愛人呢？太辛苦了，從今以後，讓別人來愛我，來哄我好了。」

有一刻，只覺得不愛你了，你都不愛我，你對我一點都不好，那我幹嘛要跟你一起呢？我自個兒挺好的，我一個人也可以過日子。可是，下一刻，突然又覺得還是愛你的，你對我還是挺好的，我的日子裡怎麼可以沒有你？

所有的愛情不都如此嗎？走過高山與低谷，走過黑夜與白晝，顛簸了一回又一回，磕磕絆絆，才終於來到一條幽靜的林間小路，那裡有最藍的一片天空和最會唱歌的小鳥，這條路，是可以一直走到老的。直到有一天，花兒落盡，飛鳥不再啼囀，我們只有彼此了。

多少人走不過去？你走你的青草地，我走我的河堤邊，從此就是不一樣的人生。不愛了，只是路不同。

我穿了高跟鞋，而你穿的是平底鞋，你走得比我快，可你不願意等我，那就算了吧，有一天，我會為另一個人脫掉這雙鞋子裸著腳奔跑，而他不會嫌我走得慢，他總會帶著微笑在那裡等我。

有些東西，從來不是必需品，一雙紅色的高跟鞋、一束盛開的玫瑰、一塊鋪上鮮花的蛋糕、一瓶聞起來像雨後皮膚的香水、一片星空、一首老歌、一套喜歡的小說……這一切一切，沒有也可以，卻是它們提升了生活的質感，雖微小而輕盈，卻也是生命的厚度。

愛情當然也不是必需品，沒有愛情，我們還是可以活得好好的，人生還是可以擁有別的愛。多少人曾經哭喊著沒有愛情就活不下去了，他們後來活得比誰都好。

只是，沒有了愛情的厚度，人生也好像有點兒單薄。冬天的夜晚，起風了，當你一個人走在路上，只能自個兒翻起衣領哆嗦，身邊沒有一個人拉著你的手陪你走。

愛情既然不是必需品，那就不必將就。

要是你不能使我幸福，我為什麼要愛你？即使和你一起有痛苦，我也要在痛苦裡看到希望；要是沒有希望，那痛苦至少也應該是深沉的。

同樣地，要是愛我不能使你幸福，你也不必愛我，更不必將就，你的將就只是阻礙我幸福。

愛是美麗的，當你愛上一個人，漫天星星也為你閃亮；當你孤單，星河寂寂。我們尋覓，我們等待，我們微笑哭泣，醉後跌倒，只為了遇見幸福。

將就哪兒會有幸福呢？

從來沒打算將就，然後有一天，你遇到一個人，原來，真的不需要將就。這就是愛情應該有的樣子吧？

它是生命的厚度，它也是活著的質感。

愛誰都不自由，愛誰都難免會有失望的時刻，也會有疲累的時候，但是，有一天，你還是會愛上一個人，他不需要你將就，你也甘心情願為他捨棄自由。失望和疲累的時候，你看出了人生本來就有高山與低谷，一路上所有的顛簸都是為了走向那片最藍的天空和那一群最會唱歌的鳥兒。

在那最後的清幽的林間小路上，有兩個長相依伴的人，你們是彼此生命的厚度。

我和你，是否再無可能？

他是她的初戀，那時候，兩個人都年輕、倔強又任性，離離合合了許多回，終於還是分開了。後來，兩個人各自在不同的城市打拚，她身邊的男朋友換了一個又一個，可她偶爾還是會想起他，不知道他在那個遙遠而陌生的地方過得好不好。她心裡想，他應該已經愛著別的女孩子了，他一向很招女孩子喜歡。

許多年後，她搬到另一個城市，一天，她偶然在車站外面碰到他。她早就在舊同學那兒聽說他結婚了，她也已經有一個很好的男朋友，可她沒想到兜兜轉轉，他竟然跟她住在同一座城。多年以後，再一次遇見他，她才知道原來他一直在她心裡。

可惜，她已經有一個愛她的男人了。她幸福嗎？總不能說不幸福。當初是一個人漂泊多年，突然覺得累了，很想安定下來，而這個男人剛好在身邊，跟他一起也挺愜意的。

「就這樣吧，不會錯的了。」她跟自己說。

然而，再遇之後，她卻一次又一次問自己：「我是錯了嗎？」

她朝思暮想，想像和初戀重新走在一起的各種可能，終於有一天，她鼓起勇氣約他出來吃飯。她跟自己說：「就是敘敘舊罷了，他是我的青春，感覺就像我的親人，而且當初是我要走的。」

見面的時候，他們聊了很多，卻也有一些話題刻意不去觸碰。他在這座城只是暫居，下個月就要走了。她突然明白，他已經不愛她了，她在他眼裡再也找不到當年那個把她愛著寵著，想和她一直走下去的男孩。她心裡想：「他現在有更愛的人了，我那時為什麼要和他分開呢？」

她獨個兒走在回家的路上，說不出地沮喪。然後她跟自己說：「他走了就好，不會再遇見了。」

多少遇見，曾經心旌搖曳？又有多少遇見，故作波瀾不驚，各自歸去？

當初為什麼執意要和他分手，為什麼不肯退讓一步？為什麼不珍惜呢？她就是太好勝。走著走著，她禁不住笑話自己，時隔多年，她終歸敗下陣來了，他難道沒看出她的心意嗎？她和他，卻再無可能。

擁有的時候，你並不是不珍惜，只是那時年輕，以為人生還有許多可能，還會遇到很多人，然後，許多年過去了，你才發現，你當初放棄的，原來也很好。可是，那個人不會一直等你。

他說愛你的時候，你沒感動；你若曾對他微笑，只因為抱歉和憐惜。是的，他有很多優點，可你就是覺得他不夠好，你沒法愛上他。多年以後，再一次遇見他，你不知道是歲月把他改變了還是你從前太驕傲，沒看出他的好。當你愛過一些人，傷害過別人也被人傷害過，你才知道這個人有多好，一次又一次，你幾乎想開口問他：

「我和你，是否再無可能？」

你終究還是開不了口。

時間對每個人都是公平的，或多或少，都留給我們遺憾。有些愛情，再也不會回來了，那你就接受它的消逝吧；有些愛情，未被珍惜，那你就接受自己當天的決定吧。

為什麼要後悔呢？即使時光倒流，讓你回到從前，結果也許還是會一樣，二十歲的你，不可能有三十歲的想法。後來的一切，不過是你一廂情願的美好的想像。因為沒有在一起，才會想像各種的可能；要是在一起，卻又有各種的不如意。煙火人間，大多數時候，我們都走在一片迷霧裡，卻以為自己每次都做出了最清明的抉擇。

每段愛情也有它最好的時機，當那個時機過去，所有的可能都變得沒那麼可能，甚至不可能了。

無所謂忘記，只是放下了

分開快三年了，如何可以忘記她？他偶爾會想起她的一些事情，每次想起她，還是感受到曾經的那份溫暖。

他說：「忘記很難啊。」

你忘了也好，忘不了也好，都沒關係了，她已經和別人一起。

忘記一個人，從來不可能刻意去忘記，當你拚命想要忘記，也許只有更忘不了。

如果那麼愛她，就把她放在心底裡吧。

放在心底的那個人，不一定要常常拿出來。當你幸福，當你不幸福，當你快樂，或者當你傷心的時候，你也就會偷偷把她拿出來，對自己說：「啊，很久很久以前，我曾經這樣愛過一個人。」

那時你比現在年輕，那時你還不懂愛，那時，你總以為只要在一起就可以一直到永遠。

那個曾和你一起的女孩，已經是前塵往事，人生還是要繼續下去的。

你會愛上別的女人，重複每一段戀愛也會做的事，然後，你會把現在愛的這個人跟她比。她也會愛上別的人，也會拿她後來愛的每個男人跟你比。

哪一個更好一些？她可能覺得是你，你也可能覺得是她，卻更有可能是你們後來愛的人。

感情是無法比較的。那時的你，那時的她，要是真的那麼合適，又怎會分開呢？也許，這一刻回頭再看，兩個人當時那些問題其實只是很小的問題，並非不可以解決，可是，那時年少氣盛，也就執著，無論如何也不肯讓步。如今看起來很小的問題，當時卻要了你們的命。

曾經以為可以永遠，誰知道有一天走不下去了。若曾深愛，離開以後，時間總會把記憶洗滌一遍又一遍，壞的洗掉了，怨懟也洗掉了，只留下好的。

你會懷念她的好，你偶爾會想起她，想起曾有一個人這樣溫暖過你，她陪伴過你，她給過你一朵又一朵溫存的微笑。這些微笑都是生命中的禮物。

無所謂忘記，只是放下了。

一路上，放下一些，然後再放下一些，剩下來的，再也放不下了，埋在心底，化為回憶裡的一縷詩意，直到一天，當你老了，往事模糊，很多事都忘記了，但你還是會記得，很久很久以前，你曾經這樣愛過一個人。

轉身就能幸福

愛情有時就像上帝跟你開的一個大玩笑，你愛著一個不愛你的人，一個你不愛的人愛著你，下大雨，他走在前面，你在後面為他打傘，後面卻也有一個人為你打傘，可你不願意轉身去接受他。

只要轉身也許就會得到愛和幸福，可是，轉身又怎可以勉強呢？

我們明知道什麼對自己最好，卻往往下不了決心。愛一個人，你寧願自己濕了身，也要為他打傘；不愛一個人，他淋著雨為你打傘，你也不會感動。

你明明知道應該感動，你跟自己說：「要是能夠感動該有多好。」可你就是做不到。不愛的時候，無論他有多好，你就是不覺得感動，你心裡只有抱歉、感謝和可惜。

你終歸感動不了那個不愛你的人，那個你不愛的人也感動不了你。

我們往往不是選擇對自己最好的那個人，而是選擇愛的那個人。要是始終沒有最愛，我們也許才願意投降，才肯服氣，黯然選擇對自己最好的那個。

與所愛的人在雨中漫步，是一種人生；任由愛你的那個人在雨中默默走在你後面，又是另一種人生。

要過哪一種人生，要看你是什麼年紀。

那樣苦苦愛著一個不愛你的人，他卻連看都不看你一眼，你明明可以轉身離去，結束你所有的卑微，你卻好像戴上了腳鐐，轉不了身。直到一天，終於死心了，才明白沒有愛就無法被感動，這時，終於轉身了，背後那個為你打傘的人卻也許已經不在了。

哪裡會有永遠的一廂情願的等待呢？不過是一時三刻放不下。痴心也有窮途末路的一天，然後就死心了，明白這條路已經走到盡頭，走不下去了。

是有那麼一個人，你愛他，他不愛你；也有一個人，他愛你，你愛的卻是另一個人。你流著淚為誰打傘？誰又流著淚為你打傘？

雨下大了，風把你手裡的傘吹歪了，愛誰都會濕了胳膊，也濕了眼睛，可我們還是寧願選擇自己愛的那個人，而不是轉過身去將就。

我為什麼要轉身呢？我走出去好了。

一廂情願的愛只是一個人孤零零走的路，走累了，走到死心了，看不到一星光亮，只看到自己像個苦澀的笑話，終於，你捨得離去，然後有一天，你會遇到你愛也愛你的那個人，回家的路上，颳著風，下著雨，他拿著傘，你挨著他走，雨太大了，兩個人頭髮都濕了，也濕了一邊胳膊，眼睛卻依然漾著微笑。千萬人之中，我只為你轉身。

國家圖書館出版品預行編目資料

愛一個像男人的男人 / 張小嫻著 . -- 初版 . -- 臺北市 : 皇冠 , 2017.09
面 ; 公分 . -- (皇冠叢書第 4640 種)(張小嫻愛情王國 ; 14)
ISBN 978-957-33-3326-5(平裝)

855 106013988

皇冠叢書第 4640 種
張小嫻愛情王國 14

愛一個像男人的男人

作　者—張小嫻
發 行 人—平雲
出版發行—皇冠文化出版有限公司
台北市敦化北路 120 巷 50 號
電話◎ 02-27168888
郵撥帳號◎ 15261516 號
皇冠出版社 (香港) 有限公司
香港上環文咸東街 50 號寶恒商業中心
23 樓 2301-3 室
電話◎ 2529-1778　傳真◎ 2527-0904
總 編 輯—龔橞甄
責任主編—許婷婷
責任編輯—蔡承歡
美術設計—王瓊瑤
初版一刷日期— 2017 年 9 月

法律顧問—王惠光律師

讀者服務傳真專線◎ 02-27150507
電腦編號◎ 537014
ISBN ◎ 978-957-33-3326-5
Printed in Taiwan
本書定價◎新台幣 320 元 / 港幣 107 元